両親の借金を肩代わりしてもらう条件は日本一
可愛い女子高生と一緒に暮らすことでした。
2
I'm gonna live with you not because my parents left me their debt but because I like you

Contents

I'm gonna live with you not because my parents left me their debt but because I like you

※この作品は『カクヨム』に連載したものを加筆修正しています。

両親の借金を肩代わりしてもらう条件は日本一可愛い女子高生と一緒に暮らすことでした。2

雨音 恵

ファンタジア文庫

3073

口絵・本文イラスト　ｋａｋａｏ

Yuya Yoshizumi　Kaede Hitotsuba

I'm gonna live with you not because my parents left me their debt but because I like you

2

両親の借金を肩代わりしてもらう条件は日本一**可愛い女子高生**と**一緒に暮らす**ことでした。

I'm gonna live with you not because my parents left me their debt but because I like you

PROFILE

Yuya Yoshizumi

吉住勇也

両親に借金を残して去られた不憫な男子。高校１年生。その借金を代わりに返済してくれた一葉家の娘、楓といっしょに暮らすことに。恋愛には奥手だが、無自覚に甘いセリフを吐いたりする。

Kaede Hitotsuba

一葉楓

大手電機メーカーの社長令嬢にして、ミスコンでグランプリを獲得した才色兼備の高校１年生。学校ではクールな美少女、家では無邪気な女の子。勇也に以前から想いを寄せていて、恋人同士に。

Rika Oomichi

大道梨香

勇也の借金を取り立てていたタカさんの娘。小学校1年生。幼いときから勇也を慕っていて、将来の夢は勇也のお嫁さん。

Shinji Higure

日暮伸二

人なつっこい性格の犬系男子。勇也とはサッカー部の相棒で親友。密かな女子人気はあるものの、彼女である秋穂以外には興味のないドライな一面も。

Akiho Otsuki

大槻秋穂

楓のクラスメイト。明るくてチャーミングを体現したような女の子。勇也や楓の周りを引っ掻き回すムードメーカー的な存在。

Ai Nikaido

二階堂哀

勇也の隣の席の女子。中性的な美少女で学校では楓と並ぶ有名人。バスケ部のエースで、イケメンな王子様として女子人気が高い。

第1話・いつもの朝

I'm gonna live with you not because my parents left me their debt but because I like you

「――や君。――勇也《ゆうや》君、起きてください」

誰かに名前を呼ばれながらそっと肩を揺らされて、俺の意識はまどろみの中から浮上した。重たい瞼《まぶた》をゆっくりと開けると、優しく微笑《ほほえ》んでいる日本一可愛《かわい》い女子高生の顔が目の前にあった。

「おはようございます、勇也君。今日は随分とお寝坊さんですね」

「あぁ……おはよう、楓《かえで》さん。今何時？　それとどうして俺が腕枕をしているのか教えてくれるかな？　寝る前はそうじゃなかったよね？」

スマホの時計を確認すると時刻は朝の7時前。普段より1時間程遅い起床だ。寝る直前に抱きしめはしたがその後はちゃんと離れてから寝たはずだ。それなのにどうして俺は彼女に腕枕をしているんだ？

「勇也君が中々起きてくれなくて寂しかったのでつい……てへっ」

舌をペロッと出して出来心を謝罪する楓さん。普通ならここは呆《あき》れるところかもしれないが、俺の場合はむしろ可愛いなぁと思ってしまうのでつい頭を撫《な》でてしまう。

頭を撫でられて嬉《うれ》しそうに頬を緩めるこの子の名前は一葉《ひとつば》楓。昨年末に行われた全国女子高生ミスコンでグランプリに輝いた美少女であり、日本が世界に誇る大企業、一葉電機の社長令嬢。そして俺の命――というか人生の――恩人であり、高校を卒業したら結婚することになっている女の子。

「えへへ。勇也君に頭を撫でてもらうの好きです。でも、おはようの朝にして欲しいことが他にあるんですけど……わかりますか？」

可愛らしい笑みから一転して蠱惑《こわく》的な表情を浮かべる楓さん。このギャップに俺はいつも心を奪われる。寝ぼけていた頭が覚醒し、心臓の鼓動も速くなる。

「ねぇ、勇也君。おはようのチュー、しましょう？」

静かに耳元で囁《ささや》くと、薄《う》っすらと目を閉じて軽く唇をすぼめた。まつ毛が長いんだなぁとか、桜色の唇が綺麗《きれい》だなぁと考えながら、そっと顔を近づけて――

「――痛っ！　ちょっと勇也君！　どうしてチョップするんですか⁉　そこは愛を込めてチューをするところだと思うんですが！　思うんですが⁉」

キスをするふりをして優しく手刀を落とした。当然のように楓さんは抗議の声を上げるが俺は全部聞こえないふりをしてベッドから身体《からだ》を起こした。

もうすぐ3月になるがそれでも朝はまだ冷える。このまま熱い湯に浸《つ》かりたいところだがそんな時間はなさそうだ。本当に寝坊したみたいだ。

「うぅ……勇也君のいけず。薄情者。照れ屋さん。毎日おはようとおやすみのチューはしましょうって約束したじゃないですかぁ」

楓さんが拗《す》ねた様子でとんでもないことを宣《のたま》った。照れ屋さんはまだしも薄情者って酷《ひど》い言い草だ。それに毎日おはようとおやすみのキスをするなんて約束した覚えはないんですけど？

「それはそうですよ。だって約束したのは私の夢の中に出てきた勇也君とですから。てへっ」

「……それじゃその約束はなかったということで。それにゆっくりしている時間はないよ。準備しないと学校に間に合わなくなる」

「そんな殺生《せっしょう》な⁉　チューはお預けですか⁉　そんな……一日の活力なのに……ぐすん」

顔を手で覆って泣き真似《まね》をしているが、指の隙間からチラッとこっちを見ているのはバレバレだからね？　というか言うほどキスは頻繁にしてないよね？

「嫌ですぅ！　勇也君がチューしてくれないと起き上がれません！　なんならこのまま二

度寝して眠り姫になります！　いいんですか⁉」

「それはまた新しい脅しの仕方だね……」

駄々をこねる子供のように手足をじたばたとして暴れる楓さん。このまま放っておいて一人で準備することもできるが、そんなことをすれば本格的に楓さんが拗ねかねない。フグのようにぷくぅと頬を膨らませる楓さんも可愛いんだよなぁ。って、今はそんなことを考えている場合ではない。

「まったく……仕方がないなぁ……」

「――へ？　ちょ、勇也君⁉」

わざとらしくため息をつきながら、俺は楓さんの頭の横に手をついて覆いかぶさる。頬をさすり、アゴをクイッと持ち上げてそのまま優しくキスをした。

「フフッ。どうしたの、楓さん？　顔が真っ赤だよ？」

「うぅ……それは勇也君がいきなりチューをするからです。責任取ってお嫁に貰《もら》ってください」

「はい、それはもう喜んで！　と言いたいところだけど、どちらかと言えば貰われるのは俺の方なんだけどね」

「そうでした！　高校卒業したら勇也君は私のお婿さんになるんでした！　新婚旅行はど

こがいいですか？　定番のハワイですか？　それともニューヨーク？　水の都のようなオシャレな国も捨てがたいですね！」

俺の首に腕を回して抱き寄せながら、明るく幸せな将来の話をする楓さん。普通ではありえない話だが、俺達に限っては約束された未来だ。

海外に逃亡したクソッタレな父さんが拵《こしら》えた多額の借金を肩代わりしてくれたのが一葉家であり、その条件として俺は楓さんと同棲《どうせい》し将来は結婚することになったからだ。

「ウユニ塩湖とかどうですか？　あ、一度でいいからオーロラを生で観《み》たいです！」

新婚旅行をどこ行こうか嬉々《きき》として話しているところ申し訳ないが、俺の頭にはその情報は一切入ってこない。なぜなら、

「か、楓さん……そろそろ離してくれると助かるというかなんというか……」

「？　どうしたんですか？　もしかしてぎゅうするの嫌なんですか？」

「いや！　そうじゃない！　そうじゃないんだけど……その、当たっているんだよね」

恥ずかしいからみなまで言わせないでくれ。楓さんは夜は着けない派――何をとは聞くな――なのでパジャマ越しにダイレクトに伝わってくるのだ。たわわに実った豊潤な果実の柔らかさが。どんな枕よりもクッションよりも俺をダメにするまさに極上の逸品。

「フフッ。間違っていますよ、勇也君。当たっているのではありません。でも当てている

わけでもありません。勇也君に押し付けているんです」

えい、と楓さんは俺の頭をがっちりと摑《つか》んで双丘の間に存在する魅惑の空間へと押し込んだ。苦しいけど気持ちいい。ここで命尽きるのは男の夢だ——って違うだろう！

「悪ふざけはいい加減にしてくれ、楓さん！　これ以上されたら俺の身が持たない！」

わずかに残された理性を総動員して女神様の拘束を打ち破り、俺は逃げるようにベッドから降りる。だが当の女神様には反省した様子は見られず、ニヤリと人の悪い笑みを浮かべていた。

「フフッ。顔を真っ赤にして照れる勇也君、すごく可愛いです。写真に撮っていいですか？　答えは聞いていません！」

どこから取り出したのか、いつの間にか楓さんの手にはスマホが握られておりパシャパシャと写真を撮られた。

うん、楽しそうなのはいいけどこのままだと遅刻するからね？

＊＊＊＊＊

「勇也君、時間はまだ大丈夫ですか⁉　歯磨きするくらいの余裕はありますよね⁉」

寝室でパジャマから制服に着替えている楓さんの叫び声が洗面所にいる俺のもとに届いた。

「ん……まだ大丈夫！　でも急いだほうがいいよ！」

鏡で寝ぐせをチェックしながら俺も声を張り上げて答える。それからすぐに、ドタバタと足音が聞こえてきた。

「ハァ……ハァ……ハァ……！　お待たせ……しました！」

大袈裟《おおげさ》に肩を上下に揺らして洗面所にやって来た楓さんの姿を見て、俺は歯ブラシを握ろうと伸ばした手を思わず止めた。

確かにパジャマから制服に着替えている。だがそれで本当に着替えが終わっているかと言えば答えは否である。

スカートのファスナーは中途半端《はんぱ》な位置で止まっているし、ブラウスは第三ボタンから上は止まっていない。楓さんの白磁の肌と惚《ほ》れ惚《ほ》れするほど綺麗なデコルテライン、そして視線を釘付《くぎづ》けにする下着とそこから覗《のぞ》く上乳。今日はエメラルドグリーンか。初めてみる色だな。ってそうじゃない！

「そんな格好だと風邪ひくよ？　ちゃんとボタン留めないと」

肩をすくめながら楓さんに歯ブラシを渡してから胸元のボタンを閉めていく。手のかかる子供を持つ親の気持ちが分かった気がした瞬間だった。

「も、もう……勇也君は妹思いのお兄ちゃんですか？　だらしのない妹の世話をする優しいお兄ちゃん……いいですね。勇也お兄ちゃん、大好き！」

「うん、何を言っているかさっぱりわからないよ。ほら、スカートは自分でちゃんと履いて。時間もないから急がないと！」

はい！　と元気良く返事をする楓さんと並んで歯を磨く。肩がピッタリつきそうなくらいの距離で仲良く歯磨きする姿を鏡で見るとなんだか不思議な気分になる。これじゃまるで――

「まるで新婚さんみたいですね、私達」

「あぁ……そうだね」

楓さんが生まれて初めて両親にしたわがままによって一緒に暮らし始め、わかったことがいつくかある。

日本一可愛《かわい》い女子高生に選ばれたこの女の子は、実はいたずら好きで頑張り屋さんで、グイグイ迫ってくるくせに反撃にはめっぽう弱い照れ屋さんということだ。

同棲初日から一緒に寝ましょう、お風呂《ふろ》に入りましょうと迫ってきて大いに戸惑った。そんな俺の反応を見て楽しんでいるところに仕返しをするとすぐに顔を赤くする。

簡単には絆《ほだ》されないぞと思っていたのに、その魅力に惹《ひ》きつけられたのは楓さんが日本一可愛い女子高生と呼ばれるために毎日努力していることを知った時からだ。色々頑張りすぎて過労で倒れた時は焦《あせ》ったけどな。

楓さんだけが俺の努力を認めて、褒めてくれて、頑張れって応援してくれた。一番欲しかった言葉をくれた。

色々問題の多い両親とはいえ一緒にいるのが当たり前だったのに、それが突然消えていなくなることへの恐怖が俺の中に巣くっていた。そんな闇の中に光を差し伸べてくれて包んでくれたのも楓さんだ。この人ならどこにも行かない。きっとそばにいてくれる。そう思えたから課外合宿の日、満天の星の下で告白した。

でも、だからこそ今のままではいけないと俺は思っている。

今の俺の状況は楓さんのご両親に養われている、いわゆるヒモ男状態だ。お小遣いももらっているという情けない立場だ。なるべくそれには手を付けず、夏にバイトで稼いだお金でやりくりしているがいずれ限界が来る。

学費や生活費の面を楓さんがどう考えているかはわからないが、男として何から何まで楓さんに頼りたくない。クソッタレな父さんの背中を見てきたからこそ、大切な家族を支えられるようになりたいのだ。

そのためにまず俺がやれることは勉強だと思う。いずれ楓さんのお父さんの後を継いで一葉電機の社長に就任してもらうと言われた以上、しっかり大学は出ておきたい。社長令嬢に気に入られただけの男と周囲から言われたくない。

4月になれば高校二年生になる。進路をどうするか考えなければいけない大切な一年間になるだろう。そのときになって慌てるのではなく今から計画を立てておくことが大切だ。楓さんと幸せな未来を築くために頑張らないと。

「勇也君、今日も一日頑張りましょう！　学期末試験も近いですし、勉強もしっかりやらないとですね！」

再来週に迫った期末試験。俺が倒さなければならない敵が目の前にあった。

第2話・週末何しますか？　勉強会しませんか？

I'm gonna live with you not because my parents left me their debt but because I like you

楓《かえで》さんと正式に恋人関係になったと言っても特別何かが変わったわけではない。しいて言えば、並んで歩いて登校している時の距離感が縮まったということくらいだ。

「朝から勇也《ゆうや》君と相合い傘が出来るなんて今日はツイています！」

「あいにくの雨模様なんだけどね。というか楓さん、自分の傘持っているんだからそっちを使いないよ？　身体《からだ》濡《ぬ》れちゃうよ？」

小雨《こさめ》の中、一つの傘に身を寄せて登校しているが周りの視線が非常に痛い。だが、楓さんは気にした様子はなく、満面の笑みで腕を絡《から》めてきてご機嫌なご様子だ。

「勇也君とこうして合法的に密着できる機会は逃したくないです！　だからもっと勇也君も身体を寄せてください！　肩が濡れちゃいますよ？」

グイっと引っ張られて俺達の間にあった隙間はほとんどなくなる。こんなことならもっと大きな傘に買い替えるか？　勿体《もったい》ないけど。

「……朝から見せつけてくれるね、勇也。熱すぎて春を通り越して真夏になったかと思ったよ」

「ヒューヒュー！　朝っぱらから相合い傘なんてさすがだね、楓ちゃん！　今日も幸せいっぱいかな？」

呆《あき》れた親友の声とトラブルメーカーの煽《あお》る声が後ろから聞こえてきた。振り返るとやれやれと肩をすくめている伸二《しんじ》とニヤニヤと小悪魔のような笑みを浮かべている大槻《おおつき》さんがいた。

伸二こと日暮《ひぐれ》伸二は俺と同じサッカー部に所属している親友でクラスメイトだ。人懐《ひとなつ》っこい性格な犬系男子であるが、一目ぼれした大槻さん以外の女子には目もくれない一途《いちず》な奴《やつ》だ。最近では俺と楓さんのことを〝メオトップル〟などと言ってからかってくる。

その恋人である大槻さんこと大槻秋穂《あきほ》さんは楓さんの親友でクラスメイト。小柄な体格には不釣り合いな胸部装甲を備える合法ロリを地で行く女の子。とにかく毎日元気いっぱいで笑顔が絶えず、伸二といるときは飛び切り明るいので校内でも有名なバカップルとして認識されている。

「はい、朝から勇也君とくっつくことが出来て幸せです！」

「うん、うん！　幸せなのはいいことだよ！　そういうわけでシン君！　私達も相合い傘

をしようか！」

「どうしてそうなるの!? って秋穂、言いながら僕の傘の中に入ってこないで！」

狭いんだから！ という伸二の訴えが聞き入れられることはなく、伸二と大槻さんの二人も俺達と同様に相合い傘をすることになった。

嫌がるそぶりをしているが伸二の口元は緩んでいる。大槻さんにくっつかれて心の中のリトル伸二はガッツポーズをしているに違いない。まぁ無理もない。大槻さんの双丘は楓さん以上だからな。二人のおかげで道行く男子生徒から怨念の視線を向けられる量は倍になったが。舌打ちも聞こえてくる。

『吉住《よしずみ》と日暮の野郎……我が明和台《めいわだい》高校が誇る三大美少女の二人と朝からイチャつきやがって……！』

『見ろよ、日暮の顔を。大槻さんに密着されてデレデレしていやがる。羨《うらや》ま死！』

『吉住だって澄ました顔をしているつもりだが、一葉《ひとつば》さんと腕組んで頰が緩んでいやがるぜ……クソがぁ‼』

登校中に地団駄を踏むな、お前達。あと明和台の三大美少女ってなんだよ。初耳なんだが。というか三大ってことはもう一人いるのか？

「そんなことより楓ちゃん！　再来週の期末試験の準備は進んでる？」

外野の声など一切気にすることなく大槻さんが尋ねた。

「はい。今年最後の試験なので範囲は少し広いですが、順調ですよ」

「さすが学年一位。言うことが違うぜ……あ、いいこと思いついたよ！」

大槻さんの頭の上にピコーンと効果音付きで頭に電球が灯《とも》った。うん、なんとなくこの後のセリフが予想できるぞ。

「ねぇねぇ、もしよければなんだけどさ、みんなで勉強会するっていうのはどうかな⁉　楓ちゃんに教えてもらえたら私の成績もきっと上がると思うんだよね！」

勉強会か。確かにこの一年間、不動の一位に君臨している楓さんに勉強を教えてもらえれば百人力、成績アップ間違いなしだ。それは現在進行形で専属家庭教師をしてもらっている俺が保証しよう。

「いいですね、勉強会。すごく楽しそうです！　それなら私達の家でやりませんか？　家の方が静かなので集中できると思いますし、合間の息抜きもできますよ？」

ちょっと楓さん⁉　そこはファミレスとかフードコートとか、もしくは放課後の教室とかでやったほうがいいと思うんですけど⁉

「やっほー！　楓ちゃんのお家《うち》で勉強会だぁ！　やるのは今週末でいいよね？　メンバーはどうしようか？　哀《あい》ちゃんも誘っていつもの五人でいいかな？」

「いや、二階堂《にかいどう》のことだからいつものように〝私はパス〟って言いそうだけどな。あいつは学年二位だし」

　この場にはいない明和台の王子様――ただし女子――こと二階堂哀。バスケ部の一年生エースで言動や立ち振る舞いが男よりイケメンなことから付いたあだ名が王子様。楓さんに次いで学年二位の座に君臨している秀才でもある。

「ヨッシー、それは誘ってみないことにはわからないよ？　いつも一緒にいるメンバーなんだし仲間外れはよくないと思うなぁ」

「まぁそれはそうだけど……わかった。あとで聞いてみる」

　楓さんがわずかに眉根を寄せているのが気になるが、まぁ二階堂のことだから誘ったところできっと断るだろうよ。

＊＊＊＊＊

「今週末に勉強会を一葉さんの家でやるの？　いいね、それ。私も参加するよ」

「………マジ？」

楓さん達と別れて教室に着いた時にはすでに二階堂は本を読んでいた。挨拶を交わして二言三言雑談してから勉強会のことを話したら予想に反して食いついてきた。

「なんだよ、吉住。私が参加したらダメなの？　一年間隣の席の友人を仲間外れにするなんてひどいな、キミは」

不満そうにプイっとわずかに頬を膨らませながら二階堂は言った。ダメというわけではない。どちらかと言えば驚いたというのが正直な感想だ。

「ダメってわけじゃないんだ。てっきりいつもみたいに断るものとばかり思っていたから少し驚いただけだよ」

「楽しそうじゃないか、みんなで勉強会するの。一度やってみたかったんだよね、そういうの。それに一葉さんの家がどんな豪邸か興味もあるし」

楓さんの家は俺の家でもあるが、実は二人きりで住んでいることは二階堂含めて誰も知らない。みんなには俺は〝借金を残して海外に逃げたクソッタレな父さんの旧友の楓さんのお母さんの恩情で一葉家に居候《いそうろう》させてもらっている〟という説明をしたからだ。

「何なら私も吉住の勉強を見てあげようか？　学年一位の一葉さんと二位の私が教えれば毎回真ん中あたりをふらふらしている吉住でもいいところまで行けるんじゃない？」

丁重にお断りさせていただきます、と言いたいところではあるが二階堂にも教えてもらうことが出来れば俺の成績はうなぎのぼり間違いなし。上昇街道まっしぐらだ！

「フフッ。それじゃ覚悟しておいてね？　一葉さんがどうかはわからないけど、私は厳しくするからね？」

「……そこは優しくお願いできませんかね？」

「そうだね……優しくお願いします、哀先生って言ってくれたら考えないこともないかな？」

「優しくお願いします、哀先生！」

若干食い気味に俺は言って頭を下げた。俺は褒められて伸びるタイプなので鞭《むち》ばかりだとげんなりしてしまう。その点楓さんはすごく優しい。問題が解けたら褒めたうえで頭を撫《な》でてくれるからな。それで喜ぶとは我ながら単純だと思うが。

「あ、あぁ……うん、わかった。それじゃ優しく教えてあげようかな」

二階堂にしては歯切れ悪く応えてから、話はこれで終わりとばかりに読書を再開した。心なしか頬に朱が差しているように見えるのは気のせいだろうか。何やらぶつくさ呟《つぶや》いているようだが如何《いかん》せん小声で聞こえない。

「名前で呼ばれた……吉住に名前で……」

結局、本を開いているだけで二階堂の読書が進むことはなく朝礼のチャイムが鳴った。

かくして、週末の勉強会のメンバーが決定した。

＊＊＊＊＊

今日は体育の授業がある。３限目と４限目の通しで他クラスと合同授業となる。

男子は屋外でサッカー、女子は体育館でバスケの予定だったが朝から降っていた雨が強くなったため男子も体育館でバスケをすることになった。これには男子は大喜びだった。

野球部の茂木《もぎ》なんかは拳を天に突き上げていた。彼女持ちなのにいいのかそれで。

「男子と合同で体育をすることは初めてじゃないけど相変わらずだね」

試合に必要な物を準備するため、体育館内にある備品倉庫に向かっているところで二階堂に声をかけられた。先ほどの茂木達の話を聞いていたのか、呆れてため息をついていた。

「しょうがないさ。男は普段見ることが出来ない姿を見るとテンションが上がる単純な生き物なんだよ」

明和台高校の体操着は男女ともにジャージである。今は冬なので長袖長ズボンだが、夏になると半袖半ズボンになる生徒がほとんどだ。女子の体操着姿をこうしてまじまじと見ることが出来るのは春先の球技大会と体育祭だけなので貴重な時間だ。茂木達が興奮するのも理解できる。共感はできないが。

「そうなんだ。それじゃ吉住も私の体操着姿を見てテンション上がった？」

「ハッハッハッ。馬鹿言え。今更二階堂の体操着姿を見てテンション上がるわけないだろうが」

得点板は備品倉庫の奥の方に置かれていたので引っ張り出すのが面倒だった。バレーやバスケのボールがぎっしり詰まっているカゴを乱暴に動かしていく。

「むぅ……それはそれでなんか腹立つんだけど……でも一葉さんの体操着なら違うんでしょう？　吉住のむっつりスケベ」

言うにこと欠いてむっつりって酷《ひど》いな！　そもそも二階堂はバスケ部に所属しているから体操着姿どころかユニフォーム姿を見ているし、実際にプレーしているところも見ている。だから今更体操着姿でどうこう思わない。むしろユニフォーム姿の方が肌色多いだろうが。その点楓さんの体操着姿は見たことないから新鮮さから高まるものがあるな。ってかそんな話はいいから少しは手伝ってくれ。

「そうか……吉住は私のプレーをそういう目で見ていたのか……イヤらしい」

おかしい。何を答えても批判される結果にしかならないのは理不尽ではないだろうか？

「そもそもの話、男子のテンションが上がっているのは女子の体操着姿を見ることが出来るからじゃなくて、女子の前でカッコいいところを見せることが出来るからだと思うぞ？

現にいつも以上にみんな気合いが入っているからな」

「なるほどね。ホント、男子って単純だね。でもそういうことなら私も人のこと言えないかも」

「ん？　どういう意味だよ、それ？」

「ううん、なんでもない！　私もちょっと真面目に頑張ろうかなってだけの話」

普段は真面目じゃないのか、と思ったが体育のバスケで二階堂が本気を出したらそれこそ授業どころではなくなるだろう。男子でさえ止めることができるかどうか。

「だから吉住、ちゃんと見ていてよね！　ついでに応援もよろしく」

そう言ってひょいっとストップウォッチを投げてきた。慌ててそれを受け取った時には、二階堂はガラガラと得点板を引きずって行ってしまった。何を考えているのかさっぱりわからないが、まぁ隣の席のよしみということで応援ぐらいならするさ。

＊＊＊＊

「吉住だ！　吉住を潰せっ！　あいつにこれ以上シュートを打たせるなぁ！」

バスケ部所属の相手クラスの選手が声を張り上げて味方に指示を飛ばす。いや、これは公式選じゃなくて単なる体育の授業だよな？　潰せとか物騒で強い言葉を使うなよ。

「これ以上吉住に見せ場を許すな！　なんとしてでも潰すんだ！」

ゴールは正面だがシュートを打つには少し遠い。これが得意分野ならまだしも、バスケ素人《しろうと》の俺では二枚ついたディフェンスを引きはがすことはできない。ドリブルで切り込むにしても警戒されているし、万が一突破できたとしても後ろに控えているバスケ部員がヘルプに来て抑えられて終わりだ。なら俺が選択するのは――

「――伸二！」

二度、三度、細かくステップを踏みながら手元でボールを操り、強引に突破を仕掛けると見せかけて右サイドで待機している相棒にノールックでパスを出した。フリーでボールを受けたとった伸二はそのままゴール下へと進んでレイアップシュートを決めた。

「吉住！　日暮だけじゃなくて俺にもパスをよこせぇ！　シュートを決めさせろぉ！」

伸二とハイタッチをする横で茂木が不満そうにしている。そりゃパスを出したいけど、茂木はシュート上手《うま》くないからな。まぁ授業だし、勝ち負けは二の次だな。

「わかったよ、茂木。次はちゃんとパスを出すから決めてくれな？」

「おっしゃぁ！　さすが吉住、話が分かるぜ！　ばっちりダンクを決めてやるぜ！」

いや、それは無理だろうと突っ込む前に茂木は守備位置に着いた。鼻息荒くして敵が攻めてくる。得点は20対18で俺達がリード。ここを守ってカウンターを仕掛ければ勝ちが見えてくる。

「よ――し――ず――み！　積年の恨み……今こそ晴らす！」

「待ってくれ。そこまで恨まれるようなことをした覚えはないぞ？」

「だまぁれ！　毎日毎日男子生徒全員の憧れである一葉楓さんとのイチャイチャをこれ見よがしに見せつけやがって！　そればかりかついさっきも二階堂さんとも……！　許せん！　明和台三大美少女の二人を侍《はべ》らすお前が憎い！」

なるほど、やっぱりというかなんというか明和台三大美少女の最後の一人は二階堂だったんだな。

「お前がいなくなれば俺達だって――覚悟しやがれ！」

どうしてそうなる!?　と言い返すよりも早く、この怨念に取りつかれたバスケ部員はドリブルを仕掛けてきた。

だが俺への怒りで心と頭が同時に燃え上がっているこの選手の動きは単調だった。動きのキレはさすがだが身体《からだ》の重心が利《き》き手側に傾いている。これでは自分が進む道を自ら教えているようなもの。そうなればドリブルのタイミングに合わせて進路に腕を伸ばせばボールは簡単に奪える。

「――なにぃ!?」

「頭は冷静にしておかないとダメだぞ――速攻！」

愕然《がくぜん》とするバスケ部員に一言告げてから声を張り上げる。伸二と茂木はすでに敵陣目掛けて走り出している。さすが運動部員だ。

「茂木ぃ――決めてこい！」

約束通り俺は茂木にパスを出した。相手陣内には誰もいない。ダンクを決めるならここしかないぞ！

「おっしゃぁぁぁぁ行くぜぇぇぇぇぇぇ!!」

ボールは繋《つな》がり、雄叫《おたけ》びを上げながら茂木が勢いそのままにゴールに向けてジャンプするのだが、

「……あっ」

「……あのバカ」

奇《く》しくも俺と伸二の声が重なり、それと同時にピピーと反則を告げる笛が鳴った。

「トラベリングです」

初歩的な反則で茂木の見せ場は終わった。ちなみにジャンプしたところまでは完璧だったがリングに届くことはなかった。ギャグかよ。

＊＊＊＊

「チクショウ！　一世一代の俺の見せ場が！　ダンクシュートがぁ！」

茂木が地団駄を踏みながら悔しそうにしているのを聞き流しながら、俺は額に掻《か》いた汗を袖で拭った。サッカーが本職だけどバスケも中々楽しいな。二階堂のように綺麗《きれい》なシュ

ートフォームとはいかないが、見様見真似《みようみまね》で何とかなるもんだな。

「無視か⁉　無視なのか⁉　どうしてお前ばっかり黄色い声援を浴びるんだよ……世の中不公平だ……」

怒りが一転して悲しみへと変わり、茂木はがっくりと膝をついた。感情の起伏が激しい愉快な奴《やつ》だが、こう見えても茂木は野球部の次期主力候補なんだよな。

「お疲れ、吉住。想像以上に上手でびっくりしたよ」

コートの隅で汗を拭っていると二階堂が声をかけてきた。

「いや、バスケ部エースと比べたら俺なんて全然だよ。たまたまシュートが全部入っただけで、もう一度やれって言われてもできねぇよ」

ドリブルをカットしての茂木へのロングパスにしても、相手が頭に血が上っていたからこそできたことであり、少しでも冷静であれば結果は違っていただろう。三歩歩いた馬鹿は知らん。

「バスケ部じゃない吉住にカッコいいところを見せられたんじゃ、バスケ部の私はもっとカッコいいところを見せないとね」

名誉挽回《ばんかい》しないと、と言い残して二階堂はチームメイトが待つ輪へと加わった。あの口ぶりからすると、もしかしてあいつ本気を出すつもりじゃないだろうな？

そんな俺の不安は見事に的中した。相手チームの中にもバスケ部所属の子がいたがエース級の二階堂が相手では役不足が否《いな》めない。結果どうなったかと言えば明和台の王子様の独壇場となった。

二階堂は悠然とした笑みを浮かべながらボールを中央へと運んでいく。二階堂のポジションは司令塔。本来はバシバシ得点を稼ぐフォワードらしいが、この状況においては自分がボールを回したほうがいいと判断したのだろう。それに、司令塔が攻撃参加できないわけではない。

「さぁ、もう一本。取りに行くよ」

リズムよく、ゆったりとした歩調でドリブルをしながら敵陣へと向かう二階堂。相対するバスケ部の選手はすでに肩で息をしている。それほどまでにエースのプレッシャーは凄《すさ》まじいのか。

警戒する相手選手に対して、二階堂はボールを手足のように自在に操りながら前後左右に細かく、緩急を付けながら舞うようにステップを踏んで翻弄する。

「――さぁ、行くよ？」

素早くくるりと回転してディフェンスを軽々突破し、勢いそのままに二階堂がゴールへと突き進む。こうなってしまっては誰も止めることはできない。せいぜい時間をわずかに稼ぐだけ。

「これ以上好きにはさせない‼」

「――くっ⁉」

わずかな時間稼ぎの間に追いついた選手がシュート体勢に入っていた二階堂を妨害するために飛ぶ。だが走ってきた勢いがあったので思っていた以上に身体が前に流れて――

「――きゃっ！」

二人の身体が衝突した。相手の女の子はお尻から落ちるが二階堂は不自然な倒れ方をした。すぐに立ち上がろうとしたが苦悶《くもん》の表情を浮かべて右足首を押さえた。体育館がにわかに騒然とする。男子もプレーを中断して息を呑む。

「二階堂さん、大丈夫⁉」

「あ、あぁ。うん、大丈夫。ちょっと挫《くじ》いただけだから」

接触した子が慌てて声をかけに来るが、心配かけまいと二階堂は笑顔で答える。だが本当は痛いのに迷惑をかけたくないからやせ我慢をしている、そんな風に俺には見えた。

「大丈夫。アイシングをして少し安静にしていればすぐに痛みも引くと思うから。だからそんな思い詰めた顔をしないで。いいね？」

「う、うん……ごめんね、二階堂さん」

二階堂はポンポンと女の子の頭を撫《な》でてからゆっくりと立ち上がる。こういう時でも王子様のような振る舞いをするからファンが増えていくんだぞ。

「先生、念のため保健室に行ってきてもいいですか？」

「あぁ、もちろんだ。付き添いはいるか？」

「いえ、結構です。一人で行けますから」

そう言って二階堂は体育館から出て行った。その足取りはどこも問題なさそうだったから、みな一様に安堵《あんど》して授業も再開された。

「……悪い、伸二。ちょっとトイレ行ってくる。長くなるかもしれないから先生になんか言われたら適当に誤魔化しておいてくれ」

「え、ちょっと勇也⁉　藤本《ふじもと》先生を誤魔化すのは無理だよ⁉　あの人の圧は地味に怖いんだから――――！」

伸二の泣き言を背中で聞き流し、俺は二階堂の後を追った。

＊＊＊＊

俺の直感通り、案の定王子様は体育館を出たすぐの廊下で立ち止まっていた。正直外れていてほしかった。

「二階堂、大丈夫か？」

「よ、吉住⁉　ど、どうしたの？　キミもどこか痛めたの？」

予想だにしていない俺の登場に驚きの声を上げる二階堂。相当痛むのだろう、その額には冬だというのに脂汗が滲《にじ》んでいた。

「まったく。やせ我慢するなよ。本当は歩くのも辛《つら》いんだろう？　ほら、肩かしてやるから早く保健室に行くぞ」

「あ、ありがとう。それじゃお言葉に甘えさせてもらおうか——いたっ」

「二階堂⁉」

歩き出そうとした瞬間、痛みが走ったのか顔をしかめる。加えてバランスを崩して前のめりに倒れそうになるところを慌てて俺は抱きとめた。

大丈夫かと声をかけようとして胸の中にいる二階堂に目を向けるとばっちり目が合った。その瞬間、甘くていい香りが鼻に届いた。楓さんとは違うけど好きな匂い。胸の中にいる二階堂は耳まで真っ赤にしていた。

「ご、ごめん……吉住。これはその……」

「あぁ……うん。わかってる。痛くてバランスを崩しただけだよな？　それを俺は抱きとめただけ。ただそれだけだ」

誰に言い訳しているんだ俺は⁉　だがこの状況は俺が二階堂を抱きしめている構図にしか見えない。ただ幸いなことに今はまだ授業中で廊下には誰もいないということ。けれど悠長にしている時間はない。急いで二階堂を保健室に連れて行かなければ！

「ごめん、吉住。迷惑かけて……」

シュンとして俯《うつむ》く二階堂。王子様にしては珍しい弱った姿に思わずドキッとするが二階堂は大事な友人。俺は楓さん一筋だ。

「気にするな。それより歩けそうか？」

「ん……ちょっと難しいかな。頑張れば歩けると思うけど……」

「相当痛むんじゃないか。時間もないし……よし。これで行こう」

「え？　ちょっと吉住、突然しゃがんでどうするの？　もしかして――⁉」

あぁ、そのもしかしてだ。神様が俺に与えてくれた妙案は肩を貸して一緒に歩くことではなく二階堂を俺がおんぶして運ぶということだった。誰にも見られていない状況なら恥ずかしさも軽減だし保健室にも早く到着できる。我ながらナイスアイディアだ。

「うぅ……わかった。それじゃ……失礼するね」

恐る恐る二階堂が俺の首に腕を回して身体《からだ》を預けてきた。背中に確かに感じる柔らかさや落とさないように触れた太ももの感触は気にせず、腹に力を入れて立ち上がる。

「よしっ。急ぐから落ちないようにしっかり掴《つか》まっていろよ？」

「う、うん。ごめんね、吉住。それと……ありがとう」

耳元で囁《ささや》いてから、二階堂は俺の肩に頭を乗せて押し黙った。

誰もいない静かな廊下を歩いていく。二階堂は何も喋《しゃべ》らない上にちらりと横目で様子を窺《うかが》ったら安心しきったような顔で俺に身体を預けている。やましい気持ちはないが、なんだか気恥ずかしくなってくる。

「すいません、三枝《さえぐさ》先生はいますか？」

ガラガラっと保健室の扉を開けながら名前を呼ぶと、すぐに返事が返ってきた。

「はいは――い！　いますよぉ！　あ、吉住君！　背負っているのは哀ちゃん？　どうしたの？」

カップを片手に白衣姿の若い先生が部屋の奥から優雅に現れた。

この人は保健教諭の三枝千佳《ちか》先生。ロングヘアが特徴的で大人な女性だがマスコット的可愛《かわい》さを併せ持っている。裾長の白衣だって本来は着なくてもいいのに〝仕事ができる女

感が出るから〞という理由で着ているとか。そういうところが可愛いと評判で、生徒たちからは親しみを込めて〝千佳ちゃん先生〞と呼ばれている。

「二階堂なんですが、体育の授業で足を挫いたみたいで……手当してもらえますか?」

「わかったわ。それじゃ吉住君、処置するから二階堂さんをそこのイスに座らせてあげて」

先生の指示に従い、痛めた足が地面につかないように気を付けながら二階堂をイスに座らせた。これでひとまず俺の役目は終わりかな。そろそろ体育館に戻らないとまずいな。

「あ、吉住……!」

どこか不安そうな声で俺の名前を呼んで袖を摑んでくる二階堂。

「も、もう少し……もう少しだけ一緒にいて……お願い」

俯き、消え入りそうな声で言われて俺の全身は硬直した。どうした、何が起きたと頭がパニックになっている。

「吉住君。処置はすぐ終わるから一緒にいてあげて。大丈夫、藤本先生には私から説明してあげるから」

救急箱を手にした三枝先生にそう言われたら俺は何も言い返せなくなった。やれやれと頭を掻いてから二階堂の隣のイスに腰かけると、彼女は嬉《うれ》しそうに笑みを浮かべた。逃げないから袖から手を離してくれませんかね。

「それじゃ二階堂さん、少し触るから痛かったら言ってね？」

靴下を脱がし、赤く腫れている患部を三枝先生がゆっくり触っていくと二階堂はすぐに顔をしかめた。袖を握る手に力がこもる。相当痛むようだ。

「ん……骨には異常はなさそうだね。とりあえず今は湿布を貼っておくけど、必ず病院で診てもらうこと。ねん挫はくせになりやすいし、ましてや哀ちゃんはバスケ部のエースなんだからしっかり治さないとね」

「……わかりました」

「吉住君、今日のところはクラスメイトとして哀ちゃんのサポートをしてあげてくれる？何かと移動も大変になると思うから、いいわね？」

「あぁ……はい。わかりました」

二階堂は大事な友人だ。それくらいのことはしないとな。

「よろしい！　か弱いお姫様を守ってあげるのです！」

「ちょ、三枝先生⁉　私はお姫様なんかじゃ――――！」

なんだろう。重たかった空気が一転して女子高生のきゃぴきゃぴした感じになった。

「あぁ……先生。処置が終わるまで俺は外で待ってますね」

この女子特有のピンク色な空気感に堪えられなくなって俺は保健室から逃げるように退出した。

＊＊＊＊

迎えた昼休み。俺は体育館には戻らず、松葉杖《まつばづえ》を突いて歩く二階堂と一緒に一足先に教室へと戻った。藤本先生に呼び出されるのではと内心不安だったが、伸二が何とか頑張ってくれたのと、おそらく三枝先生が説明してくれたのだろう。職員室に呼び出されることはなかった。

「哀ちゃん、足の怪我《けが》は大丈夫？」

お弁当を食べ終えた大槻さんがカフェオレを飲みながら尋ねた。二階堂の足を考えたら極力移動は控えた方がいいと思ったが、二階堂自身が大丈夫だと言い張るのでいつものようにカフェテリアで食べることになった。

「うん。まだ少し痛むけど歩けないほどじゃないから。週末に病院に行こうと思ってる」

「そっか……それじゃぁ週末の勉強会は……」

「せっかく誘ってくれたのにごめんね。さすがにこの足だと迷惑かけるから。ごめんね」

ぺこりと頭を下げる二階堂。まぁそうなるよな。早期回復のためにもできるだけ安静にした方がいい。試験も近いことだし、無駄な移動をして時間を無駄にすることもない。

「吉住をしごいてしごいてしごき倒すいい機会だと思ったんだけど……残念だよ」

「おいこら二階堂。それはスパルタというより最早《もはや》ただのいじめじゃないか？　鞭《むち》ばっかりで飴《あめ》はないのか⁉」

「安心してください、勇也君。飴なら私がたくさんあげますから！　飛び切り甘い飴をプレゼントします！」

さすが楓先生。俺が褒められて伸びるタイプだってことをよくわかっていらっしゃる。鬼教官によって致命的な心の傷を負った俺を癒《い》やしてくれる天使様だ。

「甘やかしすぎたらだめだよ、一葉さん。最近でこそ吉住は真面目に授業を受けているけど今まではそうでもなかったんだから。試験勉強も適当だったし、厳しくしないとすぐにサボるよ」

なんでそのことをばらすんだ、二階堂！　俺が一、二学期はすごく適当に勉強をこなしていたことは楓さんには内緒にしていたんだぞ⁉

「大丈夫ですよ、二階堂さん。勇也君は毎日すごく頑張っていますから、サボるようなことはないと思います。正直肩の力を抜いてほしいぐらいです」

そう言って優しく微笑《ほほえ》み、俺のことを見つめてくる楓さん。なんだか気恥ずかしくてポリポリと頬を掻《か》く。そりゃ楓さんの彼氏ですからね。色々頑張らないとダメだと思うのですよ、はい。

「あ、そうだ！　週末はダメでも放課後はどうかな？　ヨッシーもシン君も哀ちゃんも試験期間に入るから部活はお休みでしょう？　それなら教室で放課後にみんなで勉強会が出来るんじゃないかな⁉」

おぉ。珍しく大槻さんが素晴らしい提案をした。それなら怪我をしている二階堂も一緒に試験勉強をすることができる。楓さんがいるからそんなことはないと思うが、万が一わからないところがあればすぐに先生に質問しに行くことも出来る。イイこと尽くめじゃないか！　見直したぞ、大槻さん！

「フッフッフッ。苦しゅうない。もっと褒めてもよいのだぞ、ヨッシー？　具体的にはジュース一本くらい奢《おご》る価値はあるんじゃないかな？」

うん、前言撤回。ちょっと褒めたらすぐ天狗《てんぐ》になる。お前の彼女はホントお調子者だなって思って伸二に目をやると苦笑いしていた。あぁ、なるほど。元々この案を思いついたのは伸二だったってことか。花を持たせたということね。

「いいですね、放課後にみんなで教室で勉強するの。これなら学校でもお家《うち》でも勇也君の先生になれます！」

「頼りにしていますよ、楓先生」

「はい、どんどん頼ってくださいね！」

楓さんがえっへんと胸を張る。その姿があまりにも可愛かったので俺の手は無意識のうちに伸びて、気が付いたときには頭を撫《な》でていた。頬を桜色に染めてうっとりした表情になる楓さん。うん、ますます可愛い。

「……ねぇ、シン君。どうしてこの二人はナチュラルにストロベリーな空気を醸《かも》し出すのかな？」

「……秋穂。それは考えたらきっと負けだと思う。見ただろう、課外合宿での星空観察の時のあれを。中々戻ってこない二人を迎えに行ったら――」

「伸二――――‼　それ以上は言うなぁ！　というか言わせねぇぞ⁉」

余計なことを口走ろうとする親友の口を俺は塞ぎにかかる。そういえばあの時はよくも邪魔してくれたなぁ⁉　おかげで本気で夜這《よば》いに来ようとする楓さんをなだめるのが大変だったんだからな⁉

「一葉さん……キミ、本気で課外合宿の夜に吉住に夜這いをしようとしたの？」

「二階堂さん。これには海よりも深い理由があるんです。なにせあの時の私はいわゆるランナーズハイという状態で……その、勇也君に告白とファーストキスを交わした後だったので……」

だぁぁぁぁぁ⁉　楓さんも何を話しているんですか⁉　二階堂も興味津々《きょうみしんしん》で聞くなぁぁ⁉　大槻さんはスマホで録音しようとするなぁ！

第3話・勉強会in愛の巣

I'm gonna live with you not because my parents left me their debt but because I like you

迎えた週末。10時過ぎに伸二《しんじ》と大槻《おおつき》さんが家にやってきた。一体何時間勉強する気なんだと呆《あき》れるが、どうせ昼ご飯を食べたら集中力が切れて中だるみするからちょうどいいのかもしれないな。

「ポテチよし！　チョコレートよし！　コーラもよし！　準備万端！　これで勉強が捗《はかど》るね！」

ニャハハと笑う大槻さんのテンションは無駄に高く、パートナーである伸二も苦笑いしている。ちなみに今日の楓《かえで》さんは伊達《だて》眼鏡をかけている。理由を尋ねたら、

『フフッ。家庭教師感を出そうと思いまして。どうですか、似合っていますか？』

控えめに言って最高、と返しておいた。眼鏡姿の楓さんはお姉さん感が増してとても良《い》い。甘えたい。

おっと、変なことを考えるのはこの辺りにしておこう。

その楓さんは大槻さんが持ってきた大量のお菓子をお皿に盛りつけてテーブルの中心に置いた。この絵面だけを見れば勉強会というよりただのお菓子パーティーだ。本当にやる気があるのか早くも不安になってきた。

「秋穂《あきほ》。真面目にしないとそろそろまずいと思うよ？　二学期の期末試験も赤点ギリギリだったよね？」

「日暮《ひぐれ》君の言う通りですよ、秋穂ちゃん。しっかりやらないとお昼ご飯は抜きですからね？　お菓子も没収しますからそのつもりで」

「そ、そんな殺生《せっしょう》な⁉　今日の一番の楽しみは楓ちゃんの手料理なんだよ⁉　それを私から奪うなんて酷《ひど》いよ！　酷すぎる！」

そうか。大槻さんは見かけによらず成績があまりよろしくないのか。楓さんは入学以来学年一位を死守しているし、俺と伸二はちょうど真ん中か下くらいの成績。

今回俺は学年ベスト10に入ることを目標にしている。〝一葉《ひとつば》楓の彼氏として恥ずかしくない自分でありたいのと将来のことを考えての設定だ。

「残念でしたぁ。今日のお昼ご飯は私ではなく勇也《ゆうや》君お手製のラザニアです。勉強をしないなら私が秋穂ちゃんの分まで食べちゃいますのでそのつもりで」

「ヨ、ヨッシーの手料理……だと？　嘘《うそ》、ヨッシー料理できるの⁉　しかもラザニアとは

なんてオシャレな物を……」

「勇也君が早起きして準備した特製のラザニアですよ？　本当なら独り占めしたいところを必死で我慢しているんです。それをいらないというのはどういうことですか！　怒りますよ、秋穂ちゃん！」

勉強をさぼろうとする大槻さんへの怒りから俺が作ったラザニアを食べないつもりでいる大槻さんへの怒りへと変わっている。まぁ大槻さんは食べないとは一言も言っていないんだけどな。

「た、食べたいです！　ヨッシー特製のラザニア食べたいです！　だから勉強頑張ります！」

「よろしい。ではそろそろ始めますよ。秋穂ちゃんは私が見ておきますので勇也君と日暮君は自由に進めてください。わからないところがあれば聞いてくださいね！」

「ありがとう、一葉さん。うちの秋穂をよろしくね」

自分の娘を敏腕家庭教師に預ける親のように頭を下げる伸二。体育会系の俺達より勉強ができないとなるとかなりの強敵だと思うが、楓先生なら大丈夫か。俺も楓先生に指導してもらいたいなぁ。

「フフッ。勇也君には今夜、特別指導してあげますから楽しみにしていてくださいね？」

眼鏡をクイッと持ち上げて妖艶《ようえん》に微笑む楓さんに俺の心臓は一発で撃ち抜かれた。やばい、過呼吸で死ぬかも。

「また始まったよ……シン君、生きてるかい？　ちなみに私はもうダメかもしれない」

「秋穂……頑張ろう。頑張って耐えよう。もし来年二人と同じクラスになるようなことがあれば四六時中この様子に付き合わないといけなくなる。今から……慣れない……と……」

二人がぶつくさ言っているが気にしない。楓さんの特別指導をご褒美《ほうび》に勉強頑張るぞ！

＊＊＊＊

「もう……ダメ。無理。頑張れない……」

「まさか、ここまでとはね……」

机に突っ伏して真っ白に燃え尽きている大槻さん。天井を仰ぎ見ながら口から魂を放出する伸二。

時刻は現在17時半を過ぎたところ。適度に休憩をはさみ、時には雑談をして中断することもあったがそれなりに勉強は捗ったと思う。

昼に出したラザニアは楓さんを含んだ全員に好評で星三つ頂きました。楓さんの「すごく美味《おい》しいです」という一言が一番嬉《うれ》しい感想だった。

「二人ともお疲れ。こうして集まって勉強するのもいいもんだな。明日もやるか？」

楓さんと過ごす二人きりの時間が減るのは惜しいが、試験でそれなりの点数を取るためには我慢するしかない。最初は気が乗らなかった勉強会だが、周りで自分以外の誰かが集中している姿を見ると自然と気が引き締まるので環境としては悪くない。

しかし、伸二は力なく首を横に振った。

「時折見せつけられる勇也と一葉さんの新婚ぶりに僕らはすでにグロッキーだよ。こんなのを連日見せつけられたら多分僕らは早死にするね。死因は糖尿病かな？」

こいつは何を言っているんだ？　と思ったがふらふらと顔を上げた大槻さんもうんうんと頷《うなず》いた。

「使った食器を当たり前のように洗い出すヨッシーと、洗った食器を丁寧に拭いていく楓ちゃん。自然と始まった見事なまでの分担作業にこの二人は本当に私達と同級生なのかって疑っちゃったよ」

そうか？　ふと顔を上げた時に楓さんと目が合うことは何度もあったが愛を語り合ったりはしていないぞ？

「ヨッシーは集中していたから気付かなかったと思うけど。楓ちゃんてば私が問題解いている間はずっとヨッシーのこと見つめていたからね。しかもすごく蕩《とろ》けた顔で。『あぁ、集中している勇也君、カッコイイですぅ』って心の声が聞こえてきたよ」

「あああ秋穂ちゃん⁉　私は別にそんなつもりで勇也君を見ていたわけではありませんよ⁉　というかなんですか心の声って⁉」

「それじゃ楓ちゃんは一体どういうつもりでヨッシーのことを見つめていたのかなぁ？　勉強も手についていなかったみたいだし？」

今日の楓さんは教師役に徹していたから自分の勉強が進まなかったとしてもどこもおかしくはない。ちなみに楓さんは毎日の予習復習が土台にあるから俺達のように苦労することはないはずだ。そんな話はどうでもいい。大事なのは楓さんが俺を見ていたという理由だ。

「――――っこいいなぁって思って見てました」

「なにかなぁ？　最初の方がよく聞こえなかったからもう一度言って欲しいなぁ？　ヨッシーも聞こえなかったよねぇ？」

「あ、あぁ。最初の方は小さかったからよく聞こえなかったな。楓さん、もう一度言ってくれないかな？」

「うぅ……カッコよかったからです！　真剣な表情をしている勇也君がすごくカッコよかったから見惚《みと》れていました！　いけませんか⁉」

テーブルをバンっと叩《たた》きながら楓さんは顔を真っ赤にして怒鳴るように言った。その剣幕に煽《あお》っていた大槻さんは驚き、伸二は苦笑い、俺は恥ずかしくなって明後日《あさって》の方向を向いた。

「大好きな人がいつもはあまり見せない表情をしているんですよ⁉　目を奪われるのは仕方のないことだと思います！　だからついつい見つめちゃって、ふと目が合った瞬間に心の中で勇也君、好き、と呟《つぶや》くのも仕方のないことです！」

楓さんが暴走モードに突入している。これは止めないとダメな奴《やつ》だ。大槻さんから早くなんとかして！　という無言の訴えが飛んでくる。そもそもこの状況にしたのはあなただから責任は大槻さんがとるべきでは？

「そもそも！　秋穂ちゃんだって日暮君のことをじっと見つめて手が止まっているときがありましたよ？　私が気付かないとでも思いましたか⁉　とても蕩けた可愛《かわい》い顔で日暮君のことを見つめていました。そんな秋穂ちゃんにとやかく言われたくありませんね！」

「かかか楓ちゃん⁉　わ、私は別にシン君のことを見つめていたりなんかは――――」

きゃあきゃあと楽しそうに口論を繰り広げる楓さんと大槻さん。こうなってしまっては男二人が介入するのは容易ではない。さて、どうしたものか。

「ハハハ。放っておくのが一番だと思うよ。下手に口出しすれば飛び火するだけだから。それでも止めたいっていうなら方法はそう多くないよ？」

「……お前が得意げな顔をしている時はたいていろくでもないことを考えている時だと思うが、一応聞こうか」

伸二が語ったのは作戦とは言えない強引な力技。伸二と同時に決行するのはとても恥ずかしいが、二人を落ち着かせるにはこれしかないと策士《伸二》は言った。俺は一つ深呼吸をして覚悟を決める。静かに移動して、アイコンタクト。よし、行くぞ！

「秋穂。君の気持ちはわかったよ。でもその辺で終わりにしてそろそろ帰る準備をしようか」

「楓さんの気持ちは十分伝わってきたよ。ありがとう。だからこの辺りで終わりにしよう？」

顔を突き合わせていたそれぞれの思い人を後ろから抱きしめて無理やり引き剝がして耳元で囁《ささや》いた。するとどうでしょう。あんなに騒がしかった楓さんと大槻さんが借りてきた猫のように大人しくなったではありませんか。

「ゆ、勇也君……」

楓さんの思いは十分すぎるくらいわかったからね。ありがとう。大好きだよ。そう思いを込めて頭を撫《な》でた。もしこの場にいるのが俺と楓さんの二人きりだったら口に出していたのだが、さすがに伸二達がいる前では恥ずかしいからやめておいた。

「えへへ……勇也君に撫でられるの好きです。もっと撫でてください！」

「フフッ。わかったよ。たくさん撫でてあげるね」

嬉しそうな表情を見せる楓さん。うん、すごく可愛い。

「なんだろう。すごく負けた気がするんだけど……」

「シ、シン君も大概だけどヨッシーはそれ以上かも……楓ちゃんのデレ顔の破壊力もやばいね」

楓さんの気が済むまでハグしたままナデナデしていたかったのだが、伸二と大槻さんが帰ると言い出したことで強制終了となった。

それからすぐ。どこかげんなりした様子の二人を見送り終えると騒がしくも楽しかった勉強会という非日常空間となっていた我が家に静寂が戻ってきた。ソファに腰掛けるとどっと疲れが押し寄せてきた。

「あぁ……夕飯どうしようか。何も考えてなかったわ」

「勇也君が作ったミートソースがまだ残っているので今夜もスパゲティにしちゃいますか？　私は全然いいですよ？」

「そう？　二日連続で悪いけど今日もスパゲティにしようか。お湯沸かさないと……」

「私がやりますよ。でもその前に、頑張った勇也君にご褒美をあげないとですね」

それは朝言っていた特別指導ですか⁉　このタイミングでくれるの？　でも一体なにを
――？

「フフッ。それはですね……こういうことですよ」

微笑《ほほえ》む楓さんがとった行動は。なんとびっくり！　ソファに座っている俺の上に跨《また》るということだった。それはダメだよ、楓さん！　しかも跨るだけじゃなくてコアラのように首に腕を回してきた。

「夜の特別指導は……こういうのはどうですか？」

耳元で囁き、そのままはむっと甘噛《あまが》みされた。驚きと同時に身体《からだ》に電流が走る。

これはまずい。楓さんの甘い吐息と一緒に押し寄せてくる形容しがたい感覚に身体が熱くなり何も考えられなくなる。

「フフッ。勇也君、ビクってして可愛いのでもっとしたいところですが、今日はこれくらいにしておきます。夕飯の準備は私がしますから、勇也君はゆっくりしていてください。これ以上は私の理性が持ちません……」

最後はボソボソと呟いていたので聞き取れなかった。

楓さんは俺の上からゆっくりと立ち上がると台所へと向かう。俺は惚《ほう》けた頭でその後ろ姿を見つめた。

それにしてもなんて恐ろしい特別指導だったんだ。こんな指導をもう一度されたら俺は多分狼《おおかみ》さんになるかもしれない。

いや、本当の狼さんは俺ではなくて楓さんなのでは？

幕間・勉強会の一方で

I'm gonna live with you not because my parents left me their debt but because I like you

「軽症ですが一週間程度は過度な運動は控えてくださいね。それではお大事に」

「ありがとうございました」

週末。私はねん挫した足首を診てもらうために車で病院に来ていた。三枝《さえぐさ》先生の見立て通り幸いなことに軽症で済み、処置も的確だったことから大事には至らなかった。

「どうしましょう、哀《あい》ちゃん。その怪我《けが》だと一人で学校に行くのは大変よね？　ママが車で送ろうか？」

顎に手を当てておっとりした口調で話しているのは私の母さんだ。いつまで経《た》っても変わらないおっとりしたマイペースな性格。娘が言うのもなんだが、すごく可愛いしほっとけない。その点父さんに似た私とは正反対だと思う。

「車で学校の前まで送り迎えすれば歩かなくても済むわよね？　うん、そうしましょう。早く良くなってほしいし」

うんうんと一人納得する母さん。いやいや！　ありがたいし楽だけど学校の前まで車で送り迎えをされたら恥ずかしいから！

「ん……でもその足だと普段より倍近く時間がかかっちゃうし、何より足に負担がかかると思うのよね」

確かに、この足でいつも通り登校するのは正直辛《つら》い。痛みは当初から比べたらだいぶ引いたとはいえ患部は固定されているうえに松葉杖《まつばづえ》だから歩くのも一苦労だ。カバンもあるしどうしたら……。

「そうねぇ……お友達に頼むというのはどうかしら⁉　例えばほら、哀ちゃんの初恋の相手の男の子とか！」

「ちょっと母さん⁉　何を言っているの⁉　吉住《よしずみ》はそんなじゃないよ⁉」

「あらあら、ウフフ。誰も吉住君だなんて言っていないわよ？」

嵌《は》められた⁉　そんなことよりもどうして母さんが吉住のことを知っているの⁉　私の思いを知っている人はいないはずなのに！

「あぁ、それなら陸《りく》君が教えてくれたのよ。お姉ちゃんがずっとスマホの写真を見てニヤニヤしていたから名前を聞いてみたって」

あのバカ！　どうしてペラペラ母さんに話すのよ！　ちなみに陸は中学一年生になる私

の弟だ。去年の体育祭で吉住と一緒に撮った写真を眺めていた時に陸に「その男の人だれ？　お姉ちゃんの彼氏？」と聞かれたことがあって話したけど、まさかその情報を母さんに伝えていたなんて！　家に帰ったら絶対にとっちめてやる！

「ウフフ。哀ちゃんをからかうのはこの辺にしておきましょうか。週明けからは学校まで送るからね。もしかして例の吉住君に会えたり！　楽しみだわぁ」

ニコニコ笑いながら母さんは車のドアを開けた。どうしよう、もし母さんが吉住と遭遇したらきっと面倒なことになる。なんとしてでも避けないと！

騒がしくも充実した週末勉強会から明けた月曜日。あくびを噛《か》み殺しながらいつものように楓《かえで》さんと一緒に登校していた。

今日も中々起きることが出来ずに楓さんに起こしてもらってしまった。連日遅くまで試験勉強をしているのが原因なのだろうか。これでは朝が弱いねと楓さんをからかうことが出来なくなってしまう。

「勇也《ゆうや》君を朝起こしてあげることが出来るのは嬉《うれ》しいのですが、根を詰めすぎている勇也君が心配でなりません」

愁《うれ》いを帯びた顔で見つめてくる楓さん。心配してくれるのは嬉しいけれどこれは俺自身の問題だ。先々のことを見据えて今から頑張らないと、隣に立っていられなくなるかもしれない。でもこんな不安を抱いていることは知られたくないから口にはしない。男は黙って不言実行だ。

「大丈夫だよ、楓さん。倒れる前にちゃんと休むから」

「わかりました。くれぐれも無理はしないでくださいね？　もし何かあったら私が付きっきりで看病しますよ？　いいですね？」

それはむしろご褒美《ほうび》なのでは？　あれだろ、汗をかいて気持ち悪い俺の背中を濡《ぬ》れタオルで拭いてくれたりするんだろう？　おかゆを作ってくれて食べさせてくれたりもして。

うん、そんな迷惑はかけたくないから体調管理は気を付けよう。

「大人しく私に看病させてください！　ってあれ、なんか校門に車が停《と》まっていますね。なんでしょう？」

楓さんに言われて視線を向けると見慣れない車が校門の前に停まっていた。車高の高いゴツイ車。俺の兄のような人であり、ちょっと怖い職に就いているタカさんの車よりも威圧感がある。いったい誰が乗っているんだ？

「それじゃ哀《あい》ちゃん。気を付けてね。くれぐれも無理はしちゃダメよ？　帰るころに連絡頂戴ね？」

「はいはい。もうわかったから早く帰ってよ、母さん」

肩をすくめ、どこか恥ずかしそうにしながら車から降りてきたのは足に包帯を巻いた二《に》階堂《かいどう》だった。ねん挫した足で普通に通学するのは大変だからな。ご両親に送ってもらったってわけか。

「――っげ、吉住《よしずみ》」

俺達の視線に気付いたのか、こちらを見るや否《いな》やカエルがつぶれたような声を出す二階堂。待て、それは人の顔を見たときにしていい反応じゃないぞ？

「え⁉　噂《うわさ》の吉住君がいるの⁉　どこどこ⁉　哀ちゃん紹介して！」

「ちょ、母さん⁉　車から降りてこようとしないで！　危ないから！　吉住！　キミは一葉《ひとつば》さんを連れて今すぐに校内に――――！」

二階堂が必死の形相で俺達に逃げるよう訴える。その姿はまさにゾンビ映画で自らを囮《おとり》として窮地から主人公を逃がすナイスガイのそれだ。だが残念なことに、平穏な朝の通学路には似合わない突然の状況に俺と楓さんはポカーンとして動けなかった。というか二階堂のお母さんがどんな人か興味があった。二階堂に似てイケメンなのかな？

「あらあらまぁぁ！　あなたが噂の吉住君⁉　いつも哀ちゃんがお世話になってます！あ、私哀ちゃんのお母さんをやってます二階堂葵《あおい》といいます。よろしくね？」

「母さ――――ん‼」

朝の静謐《せいひつ》な空気を二階堂の絶叫がぶち壊した。あぁ、うん。その気持ちは痛いくらいわかる。クラスメイトに対して母親が挨拶をするのはすごく恥ずかしいよな。しかも異様なハイテンションとくればなおさらだ。

「あ、はい。吉住勇也です。こちらこそよろしくお願いします」

勢いに飲まれて俺はとっさに挨拶を返してしまった。

それにしても、二階堂のお母さんの葵さんは二階堂とは似てないな。まるで野に咲くタンポポのような人だ。目元がとても柔らかくニコニコと笑顔を絶やさない。来るもの拒まずの聖母のような感じだ。そんな人が運転している車がタカさんもびっくりすること間違いなしのゴツイ車だからギャップがヤバイ。

「吉住も頭を下げるなバカ！」

「こら、哀ちゃん。吉住君は丁寧に挨拶を返してくれただけなのにバカはひどいと思うわよ？　あら、吉住君の隣にいる女の子はもしかして吉住君の――？」

「申し遅れました。一葉楓と申します。二階堂さんとは友人であり、こちらの吉住君との関係はご想像の通りです」

「あらあら。楓ちゃんっていうのね。これはご丁寧にどうもありがとう。哀ちゃんとも仲良くしてくれたら嬉しいわ。うふふふ」

口元に手を当てて笑う葵さんとニコリと微笑《ほほえ》む楓さん。なんだ、この構図は⁉　二人の間で見えない火花が散っている⁉　俺は一人戦々恐々とし、二階堂は頭を抱えて盛大なため息をついている。

「ふむふむ……なるほど。哀ちゃん、これは大変ね。頑張るのよ？」

「お願い、母さん。言うこと聞くから今すぐ帰って」

「本当⁉　それなら今度一緒にお洋服を見に行きましょうね！　哀ちゃんに似合いそうなお洋服が雑誌に載っていたのよ！」

いい加減にしてぇ！　と顔を真っ赤にして叫ぶ二階堂とまったく意に介せずニコニコ笑う葵さん。マイペースここに極まれりといったところだな。

「あ、吉住君。最後に一つだけいいかしら？」

「？　はい、なんでしょうか？」

「哀ちゃんのこと、よろしくね？　ほら、見ての通り哀ちゃんは片手が塞がっているから何かと困ることがあると思うのよね。そこをフォローしてくれたら助かるわ。隣の席に座っているよしみで、お願いできるかな？」

「え、えぇ……まぁ。俺にできることであれば」

「ウフフ。ありがとう。それじゃ後のことはよろしくね。哀ちゃん、くれぐれも無理はしないようにね！」

それじゃぁまたねぇ、と言い残し葵さんは颯爽《さっそう》と去って行った。まるで台風のような人だな。二階堂はまた深くため息をついて恐る恐る俺達の方に視線を向けた。その顔はどこかバツが悪そうにしていた。

「ごめん、吉住、一葉さん。朝から迷惑かけて……」

「気にしないで大丈夫ですよ。それにしてもすごく個性的というか面白いお母様ですね。うちとは大違いです」

「そうなの？　一葉さんのお母さんはどんな人か想像つかないなぁ」

楓さんのお母さんの桜子《さくらこ》さんは見た目こそ厳格でやり手の弁護士だが、根本的な思考回路は楓さんと同じで愉快犯だ。色々楓さんに大人な知識を植え込んでいるのがその証拠だ。

「はぁ……怪我《けが》が治るまで毎日こんな感じになると思うとそれだけで憂鬱だよ……」

「まぁなんだ。いいじゃないか。心配してくれる親がいてくれて。それよりそろそろ教室に行かないか？　ほら、カバン持ってやるから」

「え？　あ、あぁ……ありがとう」

俺が差し出した手におずおずとカバンをかけてくる二階堂。それをしっかり握って肩にかける。ちなみに楓さんはまだ俺の左腕に抱き着いたままだ。心なしか歩いてきたときよりも力が強くなっていませんかね？

「それは勇也君の気のせいです！　さぁ、行きますよ！」

ずいずいと歩き出す楓さんに引きずられる俺を見てクスッと笑う二階堂。自分でちゃんと歩くからそんな無理やり引っ張らないで楓さん！　というか校内でも腕を組むのはさすがに恥ずかしいから！

＊＊＊＊＊

朝の出来事もあって、この日は二階堂のそばにいることが増えた。

「次の授業は……化学か。教室を移動しないといけないな。二階堂、荷物持つから一緒に行くぞ」

午前中最後の授業の化学だが、今日に限って教室ではなく実験室で行うことになっていた。俺達の教室は三階にあり、化学実験室は一階。普段の時でも面倒な移動なのに怪我をしている二階堂はなおさら大変だ。一人で行くには危ない。

「大丈夫だよ。それくらい自分で持って歩けるから」

だというのに意地を張って一人で行こうとする二階堂の肩を掴《つか》む。

「バカ言え。右手に松葉杖《まつばづえ》、左手に教科書と筆記用具を持って歩くと危ないだろう？　歩いている途中で荷物を落としたら拾うのも大変だし階段もあるんだぞ？　授業に遅れたら先生になんて言われるか……」

「わかった。わかったからそれ以上言わないでくれ、吉住。大人しく荷物を預けるから」

まったく。ケガ人なんだから最初から大人しくそうしておけばいいんだよ。荷物を落とすだけならまだしもバランスを崩して転んだりしたらどうする。治るものも治らないぞ。

「……ありがとう、吉住」

申し訳なさそうに礼を言う二階堂から教科書類を預かる。その中の一つである筆箱に目が留まる。真新しいそれは王子様な二階堂のイメージとはどこかかけ離れた、ピンク生地に可愛《かわい》いカワウソのイラストが描かれたペンケースだった。

「なんだよ、吉住。私には似合わないとでも言いたそうな顔だね。いいじゃないか、私が可愛い物を使っても。文句ある？」

「いや、俺は何も言っていないはずだが⁉　このカワウソ、俺も好きだからつい目に入ったんだよ。そうか、こんなグッズもあるのか……知らなかった」

このキャラクターはＳＮＳですごく人気のあるキャラクターで、俺も四コマ漫画が更新されるたびに見るくらい好きだ。癒《い》やされる。

「へぇ……意外だね。吉住もこういう可愛いキャラクターが好きなんだね。近々期間限定で公式ショップがオープンされるみたいだから行ったらどう？」

それはものすごくそそられる話ではあるし行ってみたいと思うが、いったら絶対に欲しくなる。楓さんに養ってもらっている身として無駄使いはできないから泣く泣く断念するか。

「もし欲しいものがあれば私が買ってきてあげてもいいよ？　サイトにグッズ載っているから見てみる？」

そう言って二階堂はスマホを操作して公式ＨＰを見せてきた。二階堂の持っているペンケースの色違いやキーホルダー、プリントＴシャツにマグカップなど。超ビッグサイズのぬいぐるみもあった。

「強いて言えばキーホルダーかな。家のカギに付けるものがなくてさ。まぁでも気持ちだけ受け取っておくよ。もらってばっかりで申し訳ないからな」

むしろ何か買わないといけないのは俺の方だ。義理とはいえ二階堂からバレンタインのチョコもらったわけだし。

「二階堂はこの中で欲しいものはあるのか？」

「え、私⁉　そうだね……このリュックサックがいいかな……？」

恥ずかしそうに指差したのはワンポイントでカワウソの刺繍《ししゅう》が入ったバッグ。値段は少し高いがこれなら多分大丈夫だろう。楓さんに何を渡すかはまだ決めていないからそれ次第になるけど。

「ちょっと……冗談だからそんな気を遣わないでいいからね？」

「そう言うわりには物欲しそうにしていたように見えたけど、気のせいか？」

「気のせいだよ！　まったく……早く行くよ。授業に遅れて怒られたら吉住のせいだからね。責任とって言い訳してね？」

言い出したのは二階堂だっていうのにずいぶん理不尽だな。まぁ時間はまだあるから遅れることはないだろう――って、あれ。今チャイム鳴ったけどもしかして三分前に鳴る予鈴か？　え、まずくない？　化学の先生は確かバスケ部の顧問でもあるよな？　優しいけど見た目が坊主《ぼうず》頭で厳《いか》つい風貌だから圧が強いんだよな。

「先に行こうなんて薄情なことを吉住はしないよね？　転ばないように気を付けて、ゆっくり向かわないとね」

しょうがない。着くまでの間に言い訳を考えることにするか。ケガ人の介助をしているんだから大目に見てくれないかな。

「それは吉住次第だね。頑張ってね？」

「お願いだから少しは協力してくれ……」

俺の願いが届いたのかどうかはわからないが、授業開始のチャイムには間に合わなかったものの先生からお咎《とが》めを受けることはなかった。

「あ、お疲れ様です、勇也君！」

授業が終わって二階堂と一緒に教室に戻ると楓さんが俺の席に座っていた。昼休みになっているので問題はないが教室じゃなくてカフェテリアで待っていてくれればよかったのに。

「一度勇也君の席に座ってみたかったんです。いつもどんな景色を見ているのかなって気になっていたんです」

そう言って楓さんは机に突っ伏すと、優しい微笑を口元に浮かべて上目遣いで見つめてくる。ありふれた仕草なのに楓さんがやると絵画のようで目が離せなくなる。

「見つめ合っているところ申し訳ないけど、そろそろ移動しないと昼休みが終わっちゃうよ？」

呆《あき》れた顔でわざとらしくため息をついた二階堂はカバンから弁当箱の入った包みを取り出した。普段はコンビニで菓子パンを買ってくるのに珍しいな。

「母さんが作ってくれたんだよ。怪我のせいで通学途中に買えないから」

どこかバツが悪そうに言う二階堂。いいじゃないか、手作り弁当。俺も母さんに作ってもらった時は恥ずかしかったけど嬉《うれ》しかったなぁ。料理が上手だったから美味《おい》しかったし。もう食べられないのが寂しいな。

「ごめん、吉住。嫌なことを思い出させて……」

「どうして二階堂が謝るんだよ。気にしないでいいよ。そんなことよりカフェテリアに行こうぜ？」

二階堂から弁当箱を受け取って移動を促す。楓さんもいつまで突っ伏しているんですか？　というかどうして頰を膨らませていらっしゃるんですかね？　さっきまでの美しい微笑はどこかに消えてしまわれたんですか？

「なんでもありません！　さぁ、行きますよ！」

ガタッとイスが倒れそうになるほど勢いよく立ち上がり、楓さんは俺の腕に組みついた。いや、何度も言っているけど校内で腕を組んで歩くのは恥ずかしいから勘弁してくれ。

「いいじゃないですか！　お昼休みは勇也君成分が補充できる貴重な時間なんです！　帰

宅するまでお預けされたら身が持ちません！」

ぎゅっと抱き着く腕に力を込める楓さん。振りほどきたいのに俺の腕は楓さんの双丘にがっちり挟まれて一寸《いっすん》たりとも動かすことが出来ない。クックックッとしたり顔をする楓さんと目が合った。

「さぁ、勇也君。カフェテリアへ行きますよ！」

朝のように俺を引っ張るように歩き出す楓さん。二階堂はやれやれと肩をすくめてから、ゆっくりと松葉杖を突いて歩き出す。だが一歩ずつがとても遅い。

「私のことは構わないから先に行っててくれていいよ。あ、お腹《なか》が空いているからって私のお弁当は食べないでね？」

「そんなことするか！　俺をなんだと思っているんだ!?　ってか一人で階段は降りられないだろう？　ごめんね、楓さん」

楓さんに謝りつつ腕をそっと解いて二階堂のそばへ寄って松葉杖を預かる。二階堂は手すりに摑まって一歩ずつ慎重に階段を下りていく。何かあったらすぐに対応できるように俺はその隣に立って一緒に歩く。時間はかかるが仕方ない。

「楓さん。俺は二階堂と一緒に行くから先にカフェテリアに行っててくれる？　お昼も先に食べ始めてて。じゃないと時間終わっちゃうからさ」

そうは言うものの、そこまで時間はかからないと思う。いつもなら1分もかからない移動が3分程度に伸びるくらいは誤差の範囲だ。

「……わかりました。二人とも、気を付けて来てくださいね？」

「ごめんね、一葉さん」

「二階堂さんは怪我《けが》をしているので仕方のないことです。それじゃ、勇也君。先に行って待っていますね」

ぴょんぴょんとウサギが跳ねるように、軽やかな足取りで階段を下っていく楓さん。一段飛ばしは危ないよ、と言おうとしたらその背中はすでに踊り場を越えて見えなくなってしまった。

「ホント、一葉さんは吉住に対しては一直線だね」

「ん？　それはどういう意味だよ？」

「何でもない。ただ何でも持っている一葉さんの弱点がわかった気がしただけだよ」

楓さんに弱点？　そんなものが存在するのか？　容姿端麗、成績優秀、大企業の社長令嬢のトリプルスリー。持っていないものは何もない完璧超人だぞ？

「さぁ、それはどうかな。気のせいかもしれないから、私の胸の中だけにしまっておくよ」

そう言われたら余計に気になるが、二階堂は固く口を閉ざして再び階段を下り始めた。

楓さんの弱点か。そんなものが本当に存在するのだろうか。

＊＊＊＊

放課後。現在俺は二階堂から勉強を教えてもらっていた。色々迷惑かけた分のお礼と自分自身の試験勉強も兼ねてということらしい。俺としては学年二位の二階堂に教えてもらうのは願ったりかなったりだし、何なら普段どんな風に勉強をしているのかも聞きたいくらいだ。

ちなみに楓さんは今までどんなふうに勉強をしてきたのかと尋ねたら、

――日々の予習と復習。授業を聴いていれば頭に入ります。あと自分なりのノートを作ります――

とのことでした。さも当然のように言われて俺の心は折れかけた。

「そうだね。私は復習に力を入れているかな？　要するに毎日の積み重ねが大事ってこと。例えば暗記系の科目なら、私は授業でとったノートと教科書を見ながら自分なりにまとめているよ」

「マジか……二人とも授業でやったことを自分なりにまとめているのか……やっぱりすごいな」

この話を聞いて楓さんはうんうんと頷《うなず》いていたが、俺や伸二《しんじ》、大槻《おおつき》さんはただただ開いた口が塞がらない。

「自分で考えて書く。わからないことがあれば調べてみるのもいいです。そうすれば血となり肉となって知識を蓄えていけます」

「もちろん大変だし面倒だけどね。でも一葉さんの言う通り記憶に残るよ。なにせ自分で考えて作り上げていくからね。もしやってみたいって言うなら家にあるから今度持ってきて見せようか？　それとも写真に撮って送ろうか？」

「そうだな。写真に撮って送ってくれたら助かる。参考にさせてくれ」

わかったよ、と二階堂は明るい声で答えた。それにしても同じクラスで一年近く隣の席に座っているのにそんな努力をしているとは思わなかった。ただ単に学年二位の成績ですごいなってことくらいしか話さなかったが、こんなことならもっと聞いておくんだったな。

「そうは言うけど、吉住もすごいと思うよ？　一葉さんの言うとおり覚えがいいね。この調子で勉強続けたら今回の試験、いい点数が取れるんじゃないかな？」

「えへへ。そうですよね！　さすが私の勇也君です！　なでなでしてあげます！」

二階堂が感心したように言うと、すかさず隣の楓さんが俺の頭を撫《な》でようとしてくる。いやいや、ここは家じゃないんだ。恥ずかしいからやめてください。

楓さんの様子が昼頃からどこかおかしなことになっていた。カフェテリアで昼ご飯を食べていると盛んにあーんを要求して甘えてきたり、わずかな休み時間でも俺のところにやってきて膝の上に乗っかってきたり。可愛《かわい》いけど心臓に悪い。あと周囲の視線が痛い。

「なるほど……つまりヨッシーは家で楓ちゃんと二人で勉強している時、問題を解いて正解するたびに頭を撫でられているというわけだね？　なんてこったい！　さすがはメオトップルだよ！」

「一葉さんは飴《あめ》と鞭《むち》じゃなくて飴にココアというか……とにかく褒め倒す指導方針なんだね。それが急激な学力向上の秘訣《ひけつ》だとしたら勇也は相当単純だね！」

あちゃーと額を叩《たた》いて天を仰ぐ大槻さんに俺が努力しているというのに小ばかにしたような視線を向ける伸二。まぁ楓さんに褒められたくて頑張っているところはあるけど単純

っていうのはひどくないか⁉

「まぁまぁ、いいじゃないですか。勇也君が期末試験でいい結果になればそれに越したことはありません！　そのためなら私は一肌でも二肌でも脱いじゃいますよ！」

「いや、楓さんの場合比喩でも何でもなくて言葉の通りだよね？　そういう発言は家でお願いできますか？」

「いや、吉住。キミも何を言っているのさ。家でもダメだと思うよ？」

「勇也君が望むなら……私はいつでも……えへっ」

二階堂が呆れた様子で突っ込むが楓さんは華麗にスルーして耳元に接近して甘くて熱い吐息を吹きかけてきた。それはダメだよ、楓さん！　背筋がゾワゾワってするから！　俺は熱を帯びた耳を押さえながら楓さんから逃げるように距離を取った。

「あぁ……どうして逃げちゃうんですか。ほらほら、勇也君の好きな耳フーをもっとしてあげますから近くに来てください」

鼻息を荒くしながら距離を詰めてくる楓さん。何度も言うけどここは学校だからね⁉　今にもよだれをたらしそうな顔で近づかないで！

「はい、その辺でストップだよ、楓ちゃん。さすがに暴走しすぎ！」

戸惑う俺の代わりに大槻さんが楓さんの頭にチョップをして怯《ひる》んだ隙に首根っこを摑《つか》ん

で暴走を止めてくれた。助かった。このまま迫られていたらどうなっていたことか。

「うう……秋穂《あきほ》ちゃん、痛いです……」

「楓ちゃんがいけないの。ヨッシーも言っている通りここは学校なんだから。そういうことは帰ってから。いいね？」

「はい……わかりました」

いや、大槻さん。真面目な話、二階堂の言う通り家に帰ってからでもダメだからね？ほら、楓さんの目を見てくれ！　狙った獲物は絶対に逃さない肉食獣が如《ごと》く〝家に帰ったら覚悟していてくださいね〟と妖しく光っている。

「フフッ。一葉さんがこの調子だと今日のところは解散した方がいいかな？」

「そうしたほうがいいかもしれないな。ありがとな、二階堂」

「気にしないでいいよ。私の方こそごめんね。その……色々迷惑かけて……」

「どうしてそこで落ち込むんだよ。二階堂らしくない。ケガ人は素直に誰かの助けを借りたらいいんだよ」

落ち込んだ楓さんを慰めるときと同じように、俺はポンポンと二階堂の頭を撫でた。一人で何でもやろうとしなくていい。大変なときは誰かに頼っていいんだ。俺だけじゃない、伸二や大槻さん、楓さんだって力になるさ。だって俺達は友達なんだから。

「あ、ありがとう……吉住……うん、それじゃ遠慮なく頼らせてもらおうかな」

「おう！　どんとこい――あっ」

そこで俺はあることに気が付いた。

問題：俺はいま何をしているでしょうか。

回答：二階堂の頭を撫でています。

結論：楓さんの頬が過去最大級に膨れ上がっております！

「うぅ……私だって勇也君にナデナデしてもらいたいのにぃ……！　二階堂さんばかりずるいです！　勇也君！　今！　すぐ！　可及的速やかにナデナデしてください！」

大槻さんの拘束を引き剝がし、楓さんが俺の腰に抱き着いてきた。まったく、この甘えん坊さんには困ったものだ。ただまぁこの場合俺が全面的に悪いな。恋人《楓さん》の前で他の女の子の頭を撫でるのは万死に値する。いくら相手が二階堂とはいえ軽率な行動は慎まなければ。

「はいはい！　イチャイチャはこの辺にして、そろそろいい時間だから帰るよ！」

「そうだね、うわっ。もう18時半だ。そりゃお腹《なか》が空くわけだね」

大槻さんと伸二の会話を合図に、今日の放課後勉強会はお開きとなった。

俺や伸二は机に広げた教科書などを片付けて、楓さんと大槻さんは教室に荷物を取りに行っている間に、二階堂はスマホではお母さんの葵さんにメッセージを入れていた。返事はすぐに返ってきて、どうやら葵さんはすでに近くまで来ているそうだ。5分もかからずに到着するらしい。

「ごめん、みんな。そういうわけだから私は先に行くね」

「カバン！　持たなくて大丈夫か？」

「フフッ。心配してくれてありがとう、吉住。でも大丈夫。今日はありがとね。また明日」

そう言って二階堂は慣れた手つきで松葉杖《まつばづえ》をついて教室を後にした。ん？　また明日ってことは明日も今日みたいにするのか⁉

＊＊＊＊

その日の夜。夕飯を食べ終えた俺と楓さんはリビングで試験勉強をしていた。残された時間はあまりない。せっかく楓さんと二階堂に教えてもらったんだ。いい点数を取らないと示しがつかない。だというのに。

「ねぇねぇ、勇也君。そろそろお風呂《ふろ》に入りませんか？　一日の疲れを流してリフレッシュしましょう！　背中流しますよ？」

まだ初めて一時間も経《た》っていないのに、隣に座る楓さんがクイクイと袖を摑んで甘えてくる。楓さんに背中を流してもらいたいとは思うけど、そういうのはあれだ。試験が終わったご褒美《ほうび》に取っておきたいかな。

「あ、それなら気分転換にアイスを食べるのはどうですか？　糖分の補給は脳の働きにとても重要です！　あーんし合いっこしましょうよぉ！」

腕を摑んでグイグイと引っ張る楓さん。徐々に駄々をこねる子供のような感じになってきたな。アイスか。確かに糖分補給は大切だ。こと勉強においては脳に栄養を送るという意味で重要な役割を持つ。あーんのし合いももちろんやりたいけど多分いまやったら色々覚えたことが頭から抜け落ちてしまうと思う。俺には視《み》える。楓さんがからかってくる未来が！

「ひどいです、勇也君！　いくら私でもそんなことは多分、おそらく、maybe しませんよ！　ちゃんとTPOは選びます！」

「うん、それなら場面は選んでほしいかな⁉　今はどういう状況かわかるよね⁉」

「はい！　頑張っている勇也君へ労《ねぎら》いする場面です！」

えっへんと胸を張って答える楓さん。しかもドヤ顔のおまけ付きだ。うん、間違っているよ楓さん。今は静かに勉強を続ける場面です。アイスはもう少し後。あーんもお預けです。

「いやです！　勇也君にあーんってしてもらいたいんです！　ねぇ、少しくらいいいじゃないですかぁ！　休憩しましょうよぉ！」

楓さんが突っ伏してドンドンとテーブルを叩き始めた。この甘えん坊怪獣のような姿は見たことがある。タカさんの愛娘《まなむすめ》の梨香《りか》ちゃん（小学一年生）が帰ろうとする俺を引き留めようと床に転がって手足をじたばたさせるのに近い。

「……わかった。わかったから落ち着いて、楓さん。もう少ししたら一緒に食べようね？何なら楓さんは先にお風呂に入っておいでよ。上がったら一緒にアイス食べよう？」

「い——や——で——すぅ！　お風呂も勇也君と一緒がいいです！」

足もバタバタし始めてさらに狂暴化する甘えん坊怪獣楓さん。そういう子供っぽいところも可愛いんだけどこのままでは勉強が手につかない。俺は思わずため息をついて頭を掻《か》きながら、

「ごめんね、楓さん。勉強に集中したいんだ。だから少しだけ静かにしてくれると助かる

かな」

言ったその瞬間、ぴたりと楓さんの動きが止まる。ギギギと壊れる寸前の機械のような動作で首を回して俺を見る彼女の顔には驚愕《きょうがく》が刻まれていた。口をあんぐりと開け、信じられないという様子だ。

「わかりました……今日は大人しく一人寂しくお風呂に入って来ます」

「う、うん……？　わかった。行ってらっしゃい。ゆっくり入っておいでね」

「……長風呂《ながぶろ》してきます。勇也君もお勉強頑張ってください」

ふらふらと千鳥足でリビングから出ていく楓さん。ついさっきまであんなに元気だったのにどうしたって言うんだ？　俺は集中したいから少し静かにしてほしいって言っただけなのに一瞬で萎《しお》れた花みたいになるなんて。

「お風呂から上がればきっと元気になるだろう。よし！　勉強頑張りますかね！」

だが結局。お風呂から上がった楓さんに元気が戻ることはなく、そのまま布団《ふとん》に入って寝てしまった。

一緒に食べるはずのアイスは冷凍庫にしまったまま、俺は日付が変わるまで勉強を続けた。

＊＊＊＊

翌朝は二人そろって寝坊しそうになった。最近の楓さんは早起きだったから俺もつい油断していた。スマホの時計を見ると7時前。うん、ヤバイ。遅刻する。

「楓さん、起きて。遅刻するよ」

「んぅ……勇也君、抱っこ。お布団が私を解放してくれません」

甘えん坊は継続みたいだ。まったく、仕方ないなと肩をすくめながら俺は楓さんの脇に手を滑らせて一気に抱き起す。爽やかな香りと身体《からだ》の柔らかさを味わいながら、布団という魔の手から救い出した。

「えへへ。おはようございます、勇也君。今日もいい天気ですね」

「おはよう、楓さん。いい天気だけど早く起きないと朝ごはん抜きになるよ？」

「え？　今何時ですか——ってもうこんな時間⁉　ごめんなさい、勇也君！　急いで朝食の準備をしますね！」

先ほどまでの怠惰な姿が嘘《うそ》のようにベッドから跳ねるように降りると、急ぎ足で台所へと向かう楓さん。俺もその後に続く。

「えぇと……食パンを焼いて、卵はあるからこれをスクランブルエッグ。お湯を沸かしてスープの準備……果物がまだ残っていたからそれを切って――」

冷蔵庫の前でぶつぶつと呟《つぶや》きながら右往左往する楓さん。準備といっても朝食以外にもしないといけないことはたくさんある。楓さんの場合は俺と違って色々大変なはずだ。

「落ち着いて、楓さん。時間もないから今日はトーストとヨーグルトにしよう。お弁当も……今日は無理だからカフェテリアで済まそうか」

「ご、ごめんなさい、勇也君。私がふがいないばっかりに……」

「どうして楓さんが謝るのさ。ほら、準備は俺がしておくから楓さんは身支度整えてきて。その間に俺がやっておくから」

背中を押して楓さんを台所から押し出した。申し訳なさそうな顔で寝室へと戻るのを見送ってから手早く準備を済ませる。

そうは言っても落ち着いてやればなんてことはない作業だ。パンをトースターにセットし、焼いている間にヨーグルトには小さくカットしたバナナを入れてブルーベリのジャムを和《あ》える。スープのためのお湯を沸かしつつ、牛乳をレンジで温めてはちみつをたっぷり入れてハニーホットミルクを楓さんのために作る。

「あ、そう言えば洗濯物が溜《た》まっていたよな……」

テーブルに並べ終えたところで脱衣かごがいっぱいになっていたことを思い出した。我が家の洗濯機は最新鋭のドラム式洗濯乾燥機。帰宅時間に合わせて予約すれば洗って乾かしてくれるので、後は取り出して畳むだけ。干す手間がないので非常に便利だ。

楓さんはまだ来なさそうなのでその間に済ませてしまうか。ついでに身だしなみのチェックもしよう。こんな慌ただしいのは勘弁だな。明日からはちゃんと起きるようにしないとダメだな。最近たるんでいるぞ、俺。

「勇也君、お待たせしました！　って何ですかこれは⁉　私が着替えている間にこんなに⁉　しかも私の好きな蜂蜜入りのホットミルクまで……勇也君、ありがとうございます」

「そんな驚くことじゃないと思うけど？　さぁ、座って。冷めないうちに食べちゃおう」

いただきます、と声をそろえて言ってから楓さんはパクっとトーストにかじりつくと、すぐに苦い顔になった。ごめんね、パンにはバターも何も塗っていないから味がしないよね。俺は心の中で謝りながら楓さんの好きなブルーベリージャムをそっと手渡した。

第5話 ● 加速するすれ違い

I'm gonna live with you not because my parents left me their debt but because I like you

「勇也《ゆうや》君。本当にごめんなさい。私が寝坊したばっかりに……」

「その話はもう終わったはずだよ、楓《かえで》さん」

手を繋《つな》いで歩きながらもう何度目かになる謝罪をする楓さん。

今朝のことをまだ思い悩んでいるらしい。急いで朝食を食べた後、俺は着替えないといけなかったので洗い物をする余裕はなかった。水に浸《つ》けてきたから帰ったら洗えばいいさ。

「お洗濯までセットしてくれて……お弁当も昨日のうちに準備しておけばこんなことにはならなかったのに……本当にごめんなさい」

しょんぼりと肩を落とす楓さん。

洗濯やお弁当もそうだが、同棲《どうせい》して初めてわかったことは身の回りのことを自分たちでやりくりするのは意外と大変だってこと。炊事、家事、そこに学生の本分である勉強や部活が加わるので目が回りそうになる。

でもこれから先も楓さんと一緒に暮らしていくのなら、このくらいのことで音を上げるわけにはいかない。

「やっぱり雇いますか、家事ヘルパーさん。毎日でなくとも週に何度かでも……」

「いや、それはダメだよ、楓さん。できることは自分たちでやらないと。これ以上楓さんのご両親に迷惑かけるわけにいかないよ」

確かに楓さんの言う通り、家事ヘルパーさんに来てもらって身の回りのことをやってもらえたらどれだけ助かるか。現に楓さんの実家ではヘルパーさんを雇っているそうだ。楓さんのお父さんは社長でお母さんは弁護士をしていたら猫の手だって借りたいはずだ。

でも俺達は違う。学生で時間に余裕はある。まだ子供で未熟だけど、今のうちから楽をしても将来のためにはならないと俺は思う。

楽して儲《もう》けようとした父さんがその典型だ。俺はあの人みたいにはなりたくない。

「だから一緒に頑張ろう？　どうしてもダメになったらそのときまた考えればいいさ」

「……わかりました。勇也君がそう言うなら私も頑張ります」

ぐっと拳を握る楓さん。むしろ家事ヘルパーさんがいるのが当たり前の環境だったのに完璧に家事をこなす楓さんはすごいと思う。頑張らないといけないのは俺の方だ。勉強を真面目にやり始めただけで朝起きられなくなるなんて情けないにもほどがある。

「勇也君……その、あまり思いつめないでくださいね？」

優しくぎゅっと手を握りながら楓さんが寂しそうな声で言った。俺は顔に出やすいからな。もしかしたら不安にさせたのかもしれない。大丈夫だよという思いを込めてぎゅっと握り返して笑みを向ける。

「んぅ……なんだか最近の勇也君はちょっと――」

楓さんが何か言おうとしたとき、後ろから盛大にクラクションを鳴らされた。突然のことに驚いて振り向くと、

「おはよう、吉住《よしずみ》君。今日も哀《あい》ちゃんのことお願いね！」

昨日も見た、二階堂《にかいどう》のお母さんこと葵《あおい》さんが運転する車が犯人だった。窓から顔を出して陽気に挨拶して来る葵さんに会釈《えしゃく》を返していると、

「ちょっとお母さん！　どうしてクラクション鳴らすの！　馬鹿なの⁉」

顔を真っ赤にして助手席から二階堂が降りてきた。いつもクールな二階堂にしては珍しくこめかみに青筋を立てて地団駄を踏みそうな勢いで吠《ほ》えている。

それにしても時間に正確じゃないか？　まるで俺と楓さんが登校する時間に狙いすましたかのように今日も現れるなんて。そんな偶然あるのか？

「フッフッフッ。吉住君、そこは企業秘密よ。まぁ見当はつくと思うけど……」

「母さん‼　余計なことは言わなくていいから！　恥ずかしいんだから用が済んだらさっさと帰って！」

「ウフフ。言わなくても帰りますよぉ――だ！　バイバ――イ！」

あっかんべーを置き土産に、葵さんは帰って行った。うん、高校生の娘がいるのにあっかんべーがここまで似合う人がいるなんてな。二階堂がしたら案外可愛《かわい》いかも、なんてことは口が裂けても言わないが。ちなみに楓さんがやったら絶対に可愛いのは言うまでもない。

「はぁ……もう嫌だこんな生活。恥ずかしくて学校に来たくないよ」

「ハハハ……まぁ、なんだ。二階堂を大切に思っている証拠じゃないか。ほら、落ち込んでないで行くぞ」

「うん。ありがとう、吉住」

昨日のようにカバンを預かり、二階堂のペースに合わせてゆっくりと歩いていく。ん？　昨日は楓さんに引っ張られたけど今日はそんなことはしないのか。

「えぇと……それは何と言いますか……昨日は色々思うところがあったんです。でもやっぱり二階堂さんのペースに合わせないとダメですよね！」

そう言ってえへへと苦笑いをする楓さん。色々思うところとはいったい何か気になるところではあるがそれは聞かないでおこう。

下箱で靴を履き替えて教室に向かうのだが、松葉杖《まつばづえ》を突いている二階堂が一番大変なのは階段だ。昨日の移動もそうだったが、手すりに捕まって一段ずつ登っていくしかないから時間と体力を使う。

「あ、勇也君。松葉杖は私が持ちましょうか？」

「ありがとう、楓さん。でも俺が持つから大丈夫だよ。大きい上に地味に重たいからね、これ」

楓さんが気を遣って提案しくれたが俺はそれを断った。初めて松葉杖を持ってみたが見かけによらず重い。しかも手で運ぶには持ちにくい。それを楓さんに持たせるわけにはいかなかった。

「楓さんは先に行ってて。俺と二階堂は同じクラスだから万が一ＨＲに遅れても言い訳できるけど楓さんはそうはいかないだろう？」

「吉住の言う通りだよ、一葉《ひとつば》さん。私のせいで先生に怒られることはないよ。むしろこれ以上迷惑かけたくない」

肩で息をしながら二階堂も言う。ねん挫をしている右足を極力地面につかないようにして階段を上るのは相当きつそうだ。手を貸そうとしても大丈夫と断り、自力で登ろうとするのはバスケ部エースの意地か？

「……わかりました。それじゃ勇也君、私は先に行きますね。また休憩時間に会いに行きます！」

わずかな沈黙を経て、楓さんは笑顔でそう言った。普段と変わらないように見えるが、どこかぎこちないというか無理をしているというか、言葉では表現できないけど毎日一緒にいるからこそ気付く違和感。

「う、うん、またあとでね、楓さん」

それじゃ、と言い残して楓さんは階段を登りきると足早に教室へと向かった。

「ね、吉住。一葉さんと何かあった？　なんか様子がおかしいように思えたけど。喧嘩《けんか》でもした？」

「いや、そんなことはないけど。昨日の夜から少し様子が変なんだよ。思い当たる節がないわけじゃないんだけど……」

「そっか。私が言うのも変だけど、ちゃんと話しなよ？　言葉にしないと伝わらないことだってあるんだから」

階段を登り切り、乱れた呼吸を整えるために大きく深呼吸をする二階堂。そうだな。二階堂の言う通りだ。さっきも何か言いかけていたみたいだし、家に帰ったらちゃんと話をしてみよう。昨夜みたく一人で寝かせたりしないからな。

＊＊＊＊

放課後。この間のようにみんなで集まって勉強をしようと昼休みに話していたのに、いつまで経《た》っても大槻《おおつき》さんと楓さんがやって来ない。数分前に様子を見てくると言って出ていった伸二《しんじ》も戻ってこない。

「……遅いね、一葉さん」

「気になるけど気にしてもしょうがないさ。俺達だけで始めてよう」

カリカリと静かな教室の中に響き渡る筆記音。向かいに座る二階堂も集中した様子で英語の問題を解いている。俺は苦手な古文の勉強だ。日本語のはずなのに日本語とは思えない難解さ。助詞・助動詞の活用一つで変わる意味。一つの言葉で二つの意味をなす掛詞《かけことば》。難しすぎる。

「フフッ。現代語訳を丸暗記しちゃえば期末試験は何とかなるけど、先を見据えるなら単語を覚えた方がいいよ。英語もそうだけど、単語を覚えておけば問題文の意味はなんとなく理解できるようになるから」

もちろんそれだけじゃ足りないけどね、と苦笑いしながら付け足す二階堂。そうか。授業でも毎週単語テストをやっているのはそのためか。これまで適当にこなしていたけどやっぱり大事なんだな。

「言われてみれば二階堂は単語テストも毎回満点だもんな。俺もやってみるか」

「すごく地味で大変だけど、この先必ずためになると思う。頑張ってね」

今度の期末試験には間に合わないかもしれないが、少しずつでも始めて行こう。そういえば楓さんは単語帳を持っていたよな。電車の中で読んでいるのを見たことがある。隙間時間を利用してやればいいのか。あとはやっぱり寝る前か。

「恋人が出来たら人は変わるっていうけど吉住はまさにその典型だね。二学期までとはまるで別人だね」

頬杖《ほおづえ》をつきながら二階堂が言う。そうか？　まぁ確かに楓さんと一緒に暮らすようになってから変わらないといけないなと思ったし、正式に付き合うようになってからはその思いが一層強くなったのは事実だ。楓さんの隣に立ち続けるためには頑張らないといけないからな。

「ねぇ、吉住。その考え方って大変じゃないの？」

「ん？　どういう意味だ、それ？」

二階堂の質問の意味がいまいちピンとこない。大変？　いったい何がだ？

「いや……だって一葉さんだよ？　日本一可愛い女子高生に選ばれた美少女で学年一の成績でしかも社長令嬢。属性を盛りに盛ったラノベのヒロインみたいな女の子だよ？　そんな子と付き合うのって……大変じゃない？」

なるほどな。そういう意味での大変じゃないかって質問か。

「もし私が吉住の立場なら……きっと潰れていると思う。どうしても比べちゃうからね。才色兼備の彼女と自分とでは釣り合わないって」

二階堂でもそう感じるのか。でもそれを言ったら二階堂と付き合う男子も相当なプレッシャーを感じると思うけどな。

「ん？　どういうこと？　私は別にそんなことないと思うけど？」

「いや、二階堂は学年二位の成績でバスケ部のエース。加えて王子様系の美人とくれば十分ラノベヒロインになりうる逸材だろ。少しは自覚しろ」

「私が美人……ってそうじゃない！　話をはぐらかすな、吉住！」

顔を真っ赤にして机を叩《たた》いて声を荒らげる二階堂。こらこら、物にあたるのはよくないぞ？　昨夜の楓さんもそうだったが、机は友達だ。そんなむやみやたらと叩いてやるなよ。

「うぅ……この天然スケコマシめ」

「失礼な物言いだな。あぁ、それと。質問に答えるならもちろんイエスだよ。楓さんと付き合うのはすごく大変だ。それはもういろんな意味でね」

なぜなら、と答えようとしたところで扉の前で大きな物音がして、足早に立ち去っていく足音が聞こえた。それも一つではなく複数の足音だ。誰かが扉の前に立っていたのか？もしかして楓さん達とか？　ハハハ。まさか、そんなタイミングがいいことがあるはずない。

「……意外だね。まさか肯定されるとは思わなかったよ。いろんな意味でって言ったけど、ちなみにどういう意味で大変なの？　私、気になるな」

頬杖をついて興味津々《きょうみしんしん》な様子で尋ねてくる二階堂。別に面白い話じゃないぞ、と前置きをしたうえで俺は楓さんとのことを話した――

「――なるほどね。それは……うん。大変だけど頑張れるし、頑張らないといけないね。ホント、愛されているね。聞いているだけで胸焼けしそうだよ。あとムカつく」

「理不尽だな、おい!?　質問してきたのは二階堂の方だろう!?　それなのにどうして俺が殴られないといけないんだよ!?」

「語る顔があまりにも幸せそうだったからつい……一葉さんはトンビに化けたドラゴンだったみたい……」

最後の方は小声だったからよく聞こえなかったがドラゴンって言わなかったか？　この話にファンタジー的な要素はなかったはずだけど？

「こっちの話だから気にしないで。それより結局みんな来なかったね。連絡は来てないの？」

「あ……楓さんからメッセージが届いている。ええと……〝今日は先に帰ります。夕飯の準備をして待っています〟だって」

もしかしてまだ今朝のことを気にしているのか？　早めに帰って夕飯の準備どころか明日のお弁当の準備まで済ますつもりじゃないだろうか。何でも一人で頑張ろうとしなくていいのに。

このメッセージがきっかけとなり、この日の勉強会はお開きとなった。帰り際《ぎわ》、二階堂から〝帰ったらちゃんと話をしなよ？〟と念を押された。

「ただいま――」

19時半過ぎに帰宅すると、いつものように楓さんが玄関で待ち構えていた。すでに部屋着に着替えており、エプロンを身に着けた主婦スタイル。

「お帰りなさい、勇也君。夕飯の準備はできていますよ」

「ありがとう、楓さん。先に帰ったからびっくりしたよ。でも夕飯の支度をしてくれてありがとね」

「いえ……私の方こそ突然ごめんなさい。でもでも！　今日は腕によりをかけて夕飯を作りました。勇也君の好きな生姜焼《しょうが》きです」

おぉ、生姜焼きか。楓さんの作る料理はどれも美味《おい》しいからな。特に生姜焼きはシンプルな味付けだけど肉厚な豚肉にタレが染《し》み込んでいるからご飯が進むんだよな。

「冷めないうちに食べましょう！　早く着替えて来てください。何ならお手伝いしましょうか？」

「うん、大丈夫。すぐに行くから楓さんはリビングで待っていて」

はい、と元気よく返事をした楓さんと別れて俺は一人で寝室へと向かう。そこで俺はもう見慣れた光景にため息をついた。

「楓さん……脱ぎっぱなしはよくないよ」

ベッドの上に広がるブレザー、スカート、ブラウスにリボンの制服一式。さすがにコートはハンガーにかけられていたがこれではまるでセミの抜け殻だな。

着たものを脱ぎっぱなしにするというのが楓さんの悪い癖だ。俺はやれやれと肩をすくめながら制服をハンガーにかけてクローゼットにしまう。もまぁこういう一面を見ると楓さんも人の子だなと安心する。

部屋着に着替えてリビングに行くと、すでにテーブルには美味しそうな食事が並んでいた。生姜の香りが食欲をそそるな。

「待っていましたよ、勇也君！　さぁ、食べましょう！　おかわりもありますからたくさん食べてくださいね！」

満面の笑みを浮かべる楓さん。この笑顔のために大変だけど頑張ろう。それは勉強だけじゃなくて一緒に暮らしていくために必要なこと全てに対して当てはまる。俺達はまだ高校生だけど同棲《どうせい》させてもらっている。楓さんのご両親に見られたときに恥ずかしくないようにしなければ。

「楓さん、今日も制服脱ぎっぱなしにしたでしょう？　ダメだよ、きちんとしないと」

正直こういうことは言いたくない。どんなに言い方に気を付けても角が立ってしまうからだ。ポンコツな俺の父さんと母さんに言うのとはわけが違う。

「ご、ごめんなさい。あとで片付けようと思っていたんです。ご飯を食べたら片付けます！」

「ううん。片付けておいたから大丈夫だよ。制服をそのままにしておいたらしわになっちゃうから気を付けてね？」

「……はい。気を付けます」

やっぱり楓さんは落ち込んでしまった。でももしあの光景をご両親が――特にお茶目な一面もあるが厳格そうな楓さんのお母さんが――見たらどう思うだろうか。小言の嵐になりそうな気がする。

「うぅ……お母さんからもよく注意されていたので明日から気を付けます……」

やっぱり言われていたか。でもいきなり癖を直すのは難しいからまずは気を付けるようにしていこう。

「はい……善処します」

しゅんと俯《うつむ》く楓さん。どうして落ち込むのさ？　咎《とが》めているつもりはなし、むしろ完璧な女神様のような楓さんのこういう人の子らしい一面を見ることが出来るのは俺だけなのは嬉《うれ》しいのに。口にはしないけど。

「そ、そうだ楓さん。今朝何か言いかけたことがあったよね？　なんて言おうとしたの？」

二階堂のお母さんの登場によって言いそびれたことがあったはずだ。最近の俺がどうとかって言っていたような気もするが、ちゃんと聞かせてほしい。直すべきところがあるならちゃんと直すから。

「あれは……何でもありません！　大丈夫です！　最近の勇也君は勉強も頑張っていてえらいなぁって思っただけですから！　本当ですよ⁉」

大仰な身振り手振りをしながら早口でまくし立てる楓さん。怪しさだけしかないのだが果たして追及して良い物だろうか。楓さんが何でもないというのならその言葉を信じたほうがいいのか？　それとも──

「本当に大丈夫ですから気にしないでください！　そ、そんなことよりも！　この後も試験勉強しますよね⁉　そろそろ追い込み期間に突入です。頑張りましょう！」

歯に魚の骨が詰まっているような違和感を覚えるが、楓さんがそこまで言うなら今日のところは信じよう。目前に差し迫った試験に集中だ。

＊＊＊＊

「ねぇ、勇也。大丈夫？」

明くる日の放課後。日課になりつつある放課後の勉強会の休憩中に伸二が神妙な顔で尋ねてきた。ちなみに楓さんと大槻さんはこの場にはいない。昨日と違って事前に〝なんだか寝不足で疲れているので先に帰ります。夕飯を作って待っていますね〟とのことだった。ちなみに大槻さんは〝今日は息抜き日！　もう勉強したくな――い！〟っていう理由でご帰宅された。

「何がって顔をしているけど、僕が言いたいのは一葉さんとのことだよ。何かあったの？　喧嘩《けんか》でもした？」

「喧嘩？　いや、特にはしていないけど……どうしてそう思うんだよ？」

「だって今朝、勇也と一葉さん、手を繋《つな》いで歩いていなかったじゃん。いつもなら腕を組んでイチャイチャしながら全方位に砂糖をぶちまけているっていうのにさ」

誰が全方位に砂糖をぶちまけているだって？　まぁそのあたりのことはあとで問い詰めるとして、伸二の言う通り楓さんと一緒に登校したが腕も組まず手も握らず、ただ並んで歩いただけだった。〝だけ〟というのもおかしな言い方ではあるが。

「ねぇ、吉住。それって結構な異常事態だと思うよ？　吉住を大好きな一葉さんがくっつかなくなるのは真夏に大雪が降るのと同じくらいの驚きだよ」

隣に座る二階堂も相槌《あいづち》を打ちながら言う。言うに事欠いて真夏に大雪って。それはつまりありえないってことじゃないか。

「伸二と大槻さんだって毎日くっついているわけじゃないんだから、俺達だってそういう時があってもいいと思うけど？」

「いやいや！　僕と秋穂《あきほ》、勇也と一葉さんとではわけが違うからね⁉　メオトップルがメオトップルしていないんだよ⁉　大問題だよ！」

手を繋いで登校しなかっただけでそんな風に言われるのか。

「当たり前だったことが突然崩れたんだからね。まぁ勇也が大丈夫だって言うならこれ以上は言わないけど……」

伸二はそれきり口をつぐむが、思い当たる節がないわけではない。それは喧嘩というほどのことでもないが、楓さんの元気がなくなる要因になったのかもれない。

昨晩。楓さんの脱ぎっぱなしの癖を指摘した後。寝る準備を済ませて一緒にリビングで勉強をしていた時のことだ。

回想始め

「勇也君、そろそろ寝ませんか？　もう日付が変わっていますし、このままだと明日もまた寝坊しちゃいますよ？」

明日のお弁当の準備を済ませた楓さんが椅子に座りながら声をかけてきた。ちらっと時計を見ると時刻はすでに0時を回っている。お風呂《ふろ》に入ってからもう2時間近く経過しているのか。そりゃ身体《からだ》も冷えるわけだ。春が近いとはいえまだ夜は冷えるからな。

「最近勇也君が朝起きられないのは寝る時間が遅いからですよ。勉強を頑張る気持ちは応援しますが身体を壊したら元も子もありませんよ？」

「うん、わかってる。でももう少し、キリのいいところまでやったら寝るようにするね。楓さんは先に寝てていいよ」

あと30分もあれば日本史の試験範囲のチェックが終わる。毎日一回は全体に目を通すようにしていると二階堂が言っていたので俺もやってみているがこれが結構効果的だ。さすがは学年二位だな。

「わかりました。それじゃ頑張っている勇也君に温かいココアを用意しますね！　勉強で疲れた脳に糖分補給にもなりますし、寝る前に飲めばリラックスすることが出来ますからね！」

「へぇ……ココアにそんな効果があるなんて知らなかったよ。でも大丈夫だよ、楓さん。俺のことはいいから先に寝てて。ただでさえ楓さんは朝に弱いんだから、俺に合わせて遅くまで起きていることないよ？」

それによく言うだろう？　寝不足はお肌にとって天敵だって。俺の母さんが若作りだったのは早寝早起きだったからかもしれない。なにせ夕飯を食べたらすぐにうとうとしだすくらいだったからな。

「私のお肌のことはいいんです！　毎日しっかりケアをしていますから！」

楓さんの肌は言うまでもなく雪のようにきめ細かで美しい。それでいて弾力もあるからついついぷにっとしたくなる。特に寝ている時にぷにぷにするのは最高だ。

「私が寝ている時にそんなことをしているんですか⁉　ってそうじゃなくて！　温かいココアはいらないんですか？」

「うん、大丈夫。むしろココア飲みながらやった方が時間かかっちゃうと思うからね」

だってせっかく楓さんが淹《い》れてくれたものだから、ゆっくり時間をかけて味わって飲みたいからな。嬉しいからこそかえって寝る時間が遅くなる。

「……わかりました。勇也君の邪魔をしないように先に寝ます……」

肩を落としてとぼとぼとした足取りで寝室へと向かう楓さん。リビングから出る直前、扉からひょっこり顔をのぞかせて、

「おやすみなさい、勇也君」

「うん、おやすみ、楓さん」

その声音に太陽のような明るさはなかった。

回想終わり

「忘れそうになるけど、勇也と一葉さんは付き合い始めたのは最近だし、話すようになったのも二か月前ぐらいからだからね。そういう時期かもしれないね」

話を聞いた後、先輩カップルにしてバカップルの片割れの伸二は腕を組んでうんうんと訳知り顔で感想を言った。なんだろう、なんか腹立つな。

「まぁ頑張ってねとしか僕からは言えないかな。この話はいったんここで終わりにして。勇也は進学のことはどう考えてるの？　大学行くんだよね？」

「あぁ。まぁまだ学部とかは何も考えていないけど進学するつもりだよ。できることなら学費の安い国立大学って考えてはいるけど……」

以前楓さんは大学進学するようにと言っていたし、将来自立して生活していくためには大学での学びは大切だ。

「うげぇ……国公立か。そうなると全教科まんべんなく勉強しないといけないから大変じやん」

「ハードルが高いのはわかってる。それでもやらないとダメなんだよ」

クソッタレな父さんの借金を肩代わりしてもらった上に進学費用まで面倒見てもらうのは申し訳なさすぎる。ならせめて学費を抑えられる国公立か、もしくは特待生として入学できるレベルまで己の学力を上げるしかない。

「へぇ……吉住にしては色々調べたみたいだね。それもこれも一葉さんのため？」

頬杖《ほおづえ》をついてニヤニヤとからかうような笑みを浮かべる二階堂。こんなの調べたうちに入らない。楓さんのためかどうかで言えば答えはイエスだけど。

「……そうだよ。悪いかよ」

顔が熱くなるのを自覚しながら、俺はフンと鼻を鳴らしてそっぽを向いた。もし仮に、万が一、いや億が一、考えたくはないが楓さんと離れ離れになったとしても、この努力は必ず役に立つはずだ。

「勇也ならサッカーでスポーツ推薦も狙えると思うけどなぁ。なんならプロテストを受けてみたらいいのに」

「何言ってんだよ。俺より上手《うま》い奴《やつ》なんてたくさんいるぞ。プロなんて夢のまた夢。考えてすらいねぇよ」

伸二は鼻の下にペンを置いてそうかなぁと能天気に言うが世の中そんなに甘くない。そもそも全国出場すらできないのにプロで通用するはずがないだろう。

「チームとしてはね。でも個人の力で考えたら勇也は十分全国クラスだと僕は思うよ。身長もまだ伸びそうだし、そうなったら日本待望の大型ストライカーの誕生だよ!」

「そしてゆくゆくはサムライブルーのユニフォームを着て日本代表のエースってね? フフッ。ねぇ、吉住。今のうちからサインもらっておいてもいいかな?」

おいおい。二階堂まで何を言い出すんだよ。煽《おだ》てたら木に登るサルじゃないぞ、俺は。頼むからそういう甘い夢を求めないでくれ。俺は父さんのような楽観主義じゃない。謙虚堅実にやっていきたいんだよ。

「夢があるのかないのかわからないけど、そういうことならますます頑張らないとね。今回の試験、最低でもトップ5は目指さないとね?」

「そこはトップ10くらいで勘弁してください、二階堂先生」

勉強の息抜きに始めた雑談が盛り上がる。思えばこうして伸二と二階堂の三人だけで話すのは久しぶりだ。普段はここに大槻さんがいてすぐに話を横道に逸《そ》らすし、最近は楓さんが加わったので大所帯になった。でもたまには今日みたいに友達だけで話すのも悪くない。

できることなら高校を卒業して、大学生、社会人になっても友達でいたい。そう思える親友たちだ。もちろんその中には大槻さんも含まれているし、楓さんは言うまでもない。

むしろずっと一緒に――

「――よし！　休憩終わり！　そろそろ続きを始めようぜ」

もうひと踏ん張り、頑張りますか。

第6話・楓さんに喜んでもらうために

それから時間はあっという間に過ぎていき、本日3月13日はテスト最終日。

二階堂《にかいどう》の怪我《けが》はすぐに良くなった。松葉杖《まつばづえ》から解放されて今では普通に歩いている。まあ二階堂としては松葉杖よりも毎日お母さんによる送り迎えから解放されたことの方が嬉《うれ》しそうだったな。

俺達の家での週末勉強会はあの一回だけだったが、放課後の教室での勉強会は試験の前日まで行った。楓《かえで》さんも時折顔を出したが最後まで一緒にいることはなく、先に帰ることがほとんどだった。

さらに言えば、楓さんと一緒に登校することも減った。一緒にご飯を食べている時の口数も少し減っている気もする。俺に気を遣っているというよりも遠慮しているというか、そんな感じ。みんなの前ではいつも通り明るく元気にふるまっているが、それも空元気にしか俺には見えなかった。だがそのことに気が付いたのはきっと俺だけだ。

聞くべきかどうなのか悩んだ結果、試験が終わってからにしようと決めた。先延ばしにはしたくないし気にもなるが、今は目の前のことに集中する。そして後顧の憂いなく楓さんと話をする。それに明日は例の日だ。

「勇也《ゆうや》君、テストの手ごたえはどうでしたか？　目標には届きそうですか？」

普段と変わらない声音で楓さんが話しかけてきた。

「ん、どうだろう……でも楓さんや二階堂に教えてもらったおかげで今までの中では一番手ごたえはあったかな。まぁこればっかりは結果が来るまでわからないけど」

この日は午前中で学校が終わるので、生徒たちは試験期間中に溜《た》めに溜めたストレスを発散すべくカラオケやボーリングに行こうと盛り上がっていた。

楓さんと大槻《おおつき》さんは終礼が終わるとすぐに教室にやってきた。二人はクラスメイトの女子から遊びに行かないかと誘いを受けており、俺と伸二《しんじ》、二階堂も一緒にどうかと誘ってきた。伸二は当然のことながら行くと即答し、二階堂もたまには悪くないかなと快諾した。

「勇也君も行きますよね？　歌声を聴いてみたいです！」

「そっか。一葉《ひとつば》さんは知らないのか。テンションの上がった勇也の歌はすごいんだよ。絶対に驚くと思うよ」

「えっ!?　もしかしてシン君はヨッシーとカラオケ行ったことあるの!?　私、聞いてないんだけど⁉」

伸二の発言に大槻さんが噛《か》みついた。伸二とカラオケに行ったのは確か去年の文化祭の後の打ち上げだったか？　二階堂もいたと思うが、あの時の俺は正直どうかしていた。入店したときからクライマックス状態だった。

「あぁ、あの時か。私もよく覚えてるよ。吉住《よしずみ》がヘドバンしながら熱唱したんだよね。動画に収めておけばよかったと心底後悔したよ」

「勇也君がヘドバン⁉　何を歌ったんですか⁉　教えてください！」

「フフッ。一葉さん、聞いて驚かないでね？　吉住が歌ったのはXなジャパンだよ。しかも原曲キーで。あの時の吉住は紅《くれない》に染まってたね」

楓さんがきゃぁ――っと叫び声をあげながら俺の肩を何度も叩《たた》く。うん、地味に痛いからやめてくれますか？　というかサラッとばらすなよ、二階堂。

「勇也君！　ぜひ！　ぜひ今日歌ってください！　私、聴きたいです！」

「ヨッシーのヘドバン、私も見たい！　というか動画に収めたい！」

グイグイと期待に目を輝かせて近づいてくる楓さんと大槻さん。そもそもあの時と今とじゃ状況が違うから歌えないと思う。それに俺は行くとは一言も言ってない。

「ごめんね、楓さん。俺はパスさせてもらうよ」

「…………え？　勇也君、今なんて？」

俺の答えを聞いて、楓さんは顔面蒼白《そうはく》となり、まるでこの世の終わりを宣告されたかのような表情になる。いや、そんな大袈裟《おおげさ》な。

「そ、そんなぁ……もしかしてどこかに行かれるんですか？　それなら私も一緒に――！」

手を取って縋《すが》るように懇願して来る楓さん。いや、これから死地に向かうわけでも今生の別れってわけでもないのにそんな悲しそうな顔をしないでくれ。それにこれは楓さんに喜んでもらうための準備みたいなものだ。

「あぁ……いや、これは個人的な用事というか、楓さんは一緒には連れていけないというか、もちろん伸二や大槻さん、二階堂もなんだけど。あの人、多分楓さんのこと苦手にしているから……」

「あの人？　ねぇ、あの人って誰ですか⁉　私の知っている人ですか！　どうなんですか、勇也君！　答えてください！」

肩を摑《つか》んでガクガクと激しく揺らさないでくれませんかね⁉　これだと答えたくても答えられないよ！

「か、楓さん……俺が会いに行くのはタカさんだよ。一度会ったことがあるだろう？」

　昨日の夜、楓さんがお風呂《ふろ》に入っている時のことだ。久しぶりにタカさんこと大道貴《おおみちたかし》さんから電話があった。

『もしもし、勇也か？　久しぶりだな。元気にやっているか？』

「お久しぶりです、タカさん。おかげさまで元気にやってますよ。タカさんは？」

『ボチボチだな。それより、いきなり電話して悪かったな。要件はあれだ、また梨香《りか》が勇也に会いたいって言い出してな。そろそろ来てくれねぇか？』

　タカさんが愛して止《や》まない小学一年生の娘の梨香ちゃんとは小さい頃から何度も遊んでいる年の離れた妹みたいな存在だ。

　クソッタレな両親が家を留守にした時にタカさんの家でご飯を食べたことが何度かあったので、結構懐《なつ》かれている。ちなみにタカさんの奥さんは常に柔和な笑みを浮かべている小動物的な可愛《かわい》さのある人で名前は春美《はるみ》さんという。

『そういうわけだからよ、そろそろ家に遊びに来てくれねぇか？　春美もお前のことを心配しているから顔見せだけでもいいんだ。頼むぜ、勇也』

「わかったよ、タカさん。俺もタカさん、というか春美さんに相談したいことがあったからちょうどいいタイミングだよ。明日は期末試験の最終日だから午前中で学校終わるからその後行っていいかな?」

『おうよ! そういうことなら俺も家にいるようにするぜ。それじゃ明日な!』

というやり取りが昨晩あった。その時楓さんに話しておけばよかったのだが、俺もこの電話の後で楓さんと入れ替わりで風呂に入って就寝したから話すに話せなかったのだ。

「そ、そういうことでしたか……大道さんの家に行くというなら仕方ありませんね」

「ほんとごめん、楓さん。あんまり遅くならないようにするからさ」

「大道さんと勇也君の関係はそれこそ年の離れた兄弟のようなものですからね。寂しいですけど私は介入できません。楽しんできてくださいね」

楓さんはニコっと笑ってくれたが、その瞳には寂しさの色が見えた。俺はもう一度心の中で謝罪をした。

「ヨッシーのハイテンション歌唱動画は次の機会にお預けかぁ。それなら楓ちゃんの歌唱動画を撮ってヨッシーに自慢することにしようかな! 来なかったことを後悔させてやる!」

大槻さん、その動画を言い値で買わせてもらおうか。

＊＊＊＊

名残惜しかったが俺は楓さんと駅で別れた。楓さんがほんの一瞬だけ寂しさ、切なさ、悲しさなどがごちゃ混ぜになった複雑な表情を浮かべたのが胸に刺さった。

楓さんの歌声という楽しみを犠牲にしてまで俺がタカさんの家に行く理由は、翌日に控えたホワイトデーのお返しを春美さん相談するためだ。

「勇也おにちゃ――ん！」

チャイムを鳴らして扉が開くと同時に小さな女の子が勢いよく俺の足元に抱き着いてきた。おさげ髪の可愛らしい女の子こそタカさんが溺愛している一人娘の梨香ちゃんだ。どれくらい愛しているかというと、俺と手を繋《つな》いでいるのを見てギリギリと歯軋《はぎし》りするくらいかな。

「勇也！　お前にうちの梨香はやらないからな‼　どうしても嫁に欲しかったら俺を倒すことだ！」

「いや、タカさん何言っているのさ。梨香ちゃんと俺にどれだけ歳《とし》の差があると思っているんだよ。さすがにまずいだろう」

それに俺は楓さん一筋だ。梨香ちゃんも大きくなったらお母さんである春美さんに似て美人になると思うが。

「なんだとぉ⁉　お前、うちの梨香は可愛くないっていうのかぁ⁉　それはいくらお前でも許さねぇぞ！」

なにこの人めんどくさい。地団駄を踏みだして喚《わめ》くなんてみっともないよ、タカさん。仕事をしている時は威厳があるのに家だとどうしてこうもダメ人間なのだろう。

「お前にも子供が出来たら今の俺の気持ちがわかる。お前の場合はあの一葉楓が嫁さんだからな。可愛くて仕方なくなるぞ！」

楓さんと俺の子か。女の子なら楓さんに似た美女に、男の子なら美男子になること間違いないな。

「勇也お兄ちゃん……結婚しちゃうの？」

俺とタカさんの漫才のようなやり取りを聞いていた梨香ちゃんが繋いでいる手をぎゅっと握り、つぶらな瞳をわずかに潤ませながら尋ねてきた。

「梨香ね、勇也お兄ちゃんのお嫁さんになりたいの……」

おいタカさん。そんな人を殺しそうな目を健気《けなげ》な高校生に向けるんじゃないよ。今のタカさんの修羅の顔を見たら梨香ちゃんは一瞬で泣き出すぞ。そうしたら春美さんに怒られるよ？

「いらっしゃい、勇也君。久しぶりね！　元気してた？」

玄関で騒いでいた俺達三人のところにタカさんには不釣り合いな可愛い若奥様、春美さんがやって来た。

「もう、貴さん。早く勇也君をリビングに案内して。梨香、勇也君と会えて嬉《うれ》しい？」

「うん！　すっごく嬉しい！」

えへへ、とくしゃっとした笑顔で俺の腕にしがみつく梨香ちゃん。妹みたいで可愛くて思わず楓さんにしているように頭を優しく撫《な》でた。タカさんが鬼の形相になり、春美さんはあらあらと口元を抑えて笑う。

「フフフ。よかったわね、梨香。勇也君、試験終わりで疲れていると思うけど梨香と遊んであげてくれる？」

「ええ、いいですよ。俺も春美さんに相談したいことがあるんですがいいですか？」

「私で答えられることならなんでも答えるわ。ほら、貴さんもいつまでも拗《す》ねていないでコーヒー出すのを手伝って」

わかりましたっ！　と背筋をピンと伸ばして台所へと向かうタカさんの後ろ姿に威厳は

ない。もしこのまま楓さんと結婚したら俺はどうなるんだろうか。尻に敷かれるというかいいように手のひらで転がされそうな気がする。悪くないけど。

「それで、勇也君の相談は何かな？」

リビングでコーヒーを頂きながら、ようやく今日の本題に入ることが出来た。

「春美さんに相談っていうのはですね……その、ホワイトデーのお返しに貰《もら》って嬉しいものは何かを聞きたかったんです」

「ホワイトデーのお返しに？　そういうことなら今まで経験あるんじゃないの？　どうして今になってそんなことを……っあ！　わかった！　例の一緒に住んでいるっていう日本一可愛い女子高生ちゃんへのプレゼントね！　そうなんでしょう⁉」

おいタカさん！　もしかして全部春美さんに話したのか⁉　そっぽ向いて口笛を吹くってことは肯定だな！　口が軽いにもほどがあるぞ⁉

「貰って嬉しいプレゼントかぁ……そうねぇ。身に着けられるものは嬉しいかな。もしくはリップとか？」

なるほど。身に着けられるものか。無難なところで言えばネックレスか？　いやそれは誕生日まで取っておこう。リップ、つまり口紅か。楓さんの唇は綺麗《きれい》な桜色だからどんな色が合うだろうか。

「あとは時計なんかもいいと思うわ。いつも一緒って気持ちになれるわね」

　確かに。時計なら学校に着けていってもなにも言われることはない。もし俺が楓さんから時計をプレゼントされたら授業中に意味もなく眺めては触ると思う。良《い》いアイディアだ。

「そうだ！　もし勇也君がよければそのプレゼント選び、私も一緒にお店に行って手伝ってあげようか？」

「いいんですか？　もしそうしていただけるならとても助かります！」

　まさに願ったり叶《かな》ったりだ。結局店に行っても何を選んだらいいか決められずに時間を浪費するかもしれないからな。春美さんに直《じか》にアドバイスを貰えた方が失敗はしないはずだ。

「いいのよ。勇也君にはいつもお世話になっているからそのお礼。準備するから少し待っていてくれるかしら？」

「はい。ありがとうございます、春美さん」

　ウフフと上品に笑いながら春美さんは支度のためにリビングから出ていった。この会話を聞いていた梨香ちゃんは、タカさんの操るキャラクターを容赦なく吹っ飛ばしてから俺の袖を摑んだ。

「勇也お兄ちゃん、お母さんと出掛けるの？　まだ来たばっかりじゃん！　パパじゃ相手にならないからゲームしようよぉ！　いいでしょう？」

小学一年生にして瞳を潤ませて訴えてくるのはダメだと思う。大きくなったら数多くの男たちがこの瞳にノックアウトされることだろう。恐ろしい子だ。

「わかった。遊ぶって約束したもんね。それじゃ一緒にパパをボコボコにしようか！」

「やったぁっ！　勇也お兄ちゃん大好き！」

少しのつもりだったが小一時間ほど梨香ちゃんと一緒にタカさんをしこたま吹き飛ばした。もう止めてくれよぉ！　と泣き叫ぶタカさんが少しだけ可哀想《かわいそう》だったかな。

「それじゃ勇也君、行きましょうか。貴さん、梨香のことお願いしますね？」

「……はい、わかりました」

がっくりと肩を落とすタカさんと名残惜しそうに目に涙を溜《た》める梨香ちゃんに見送られて、俺は春美さんと一緒に家を出た。

＊＊＊＊＊

タカさん宅を後にした俺と春美さんは電車を乗り継いで都心にある大型ショッピングモールに来ていた。時刻は現在16時半過ぎ。時間は十分ある。

春美さんの助言を受けて、ホワイトデーのプレゼントは腕時計に決めた。

「腕時計と一口に言ってもたくさんあるから選ぶのが大変ね」

プレゼントの品を決めるところまではよかったが、いざ選ぶとなると商品がたくさんありすぎてどれが楓さんに似合うかわからない。むしろ全部似合うんじゃないかとさえ思う。

「勇也君がプレゼントを贈ろうとしている女の子はどんな子なのかしら？」

唸《うな》りながら商品とにらめっこをしている俺に春美さんが口元に微笑を浮かべて尋ねてきた。

「楓さんですか？　そうですね……甘えん坊で、笑った顔が可愛《かわい》くて、すごく積極的なんだけど反撃に弱い可愛い人で、気付いたら抱き着いて寝ている甘えん坊で……あれ、甘えん坊って二回言いましたか？」

「はい、ごちそうさまでした。大変よくわかりました。勇也君はその女の子、楓さんのことが大好きなのね。もう、聞いているこっちが恥ずかしくなっちゃうわ」

きゃぁと両頬に手を当てて可愛らしい悲鳴を上げる春美さん。その姿は一児の母とはいえ若作りだから大学生ですと言っても通じるだろう。

「息子にできた初めての彼女に贈るプレゼントを一緒に選ぶっていうシチュエーションに憧れていたのよねぇ。あぁ……私も勇也君みたいな息子が欲しいなぁ」

笑顔の花を咲かせて春美さんが腕を組んできた。ちょっと春美さん、突然どうしたんですか⁉　恥ずかしいんですけど⁉

「将来の予行演習を兼ねて、今だけは勇也君は私の息子ってことで。さぁ、どんな腕時計を贈ったら喜んでくれるかお母さんも一緒に考えてあげる！」

おかしな方向にテンションが上がった春美さんに腕を引かれて売り場を回る。どうしてこうなったのか誰か説明してくれ。俺の知っている春美さんはお淑《しと》やかな大人な女性。それがどうしてお母さん役をし始めてしまったのか。

「いらっしゃいませ。どんな時計をお探しですか？」

困り果てている俺のもとに店員さんが声をかけてきた。ありがたいことに女性店員さんだ。これは渡りに船だ。

「彼女へのホワイトデーのプレゼントを探しているんですよね。なんて言うか、可愛いのが良いかなって思うんですが……こうもたくさんあると選べなくて」

「彼女さんへのプレゼントで可愛い時計をお探しなんですね。みなさん色とかデザインで選ばれる方が多いですよ」

店員さん曰《いわ》く。女性の細腕にはやはり文字盤が小さなレディースデザインを選ぶのが無難とのこと。ただ中には男性が着けるようなゴツいデザインを好む人もいるので一概には言えないらしい。革バンドは大人な印象を与えるが夏は蒸れるし汚れるし千切れることもあるという。うん、ますますわからない。

「彼女さんは年上なので上品さもあった方がいいかもしれませんね。そうするとこちらなんかは――」

「ん？　彼女が年上？　いやいや、俺の彼女は同い年ですよ？」

「え？　そちらの女性へのプレゼントではないんですか？」

店員さんの視線の先には俺と腕を組んでニコニコ笑っている春美さんがいた。もしかして春美さんが俺の彼女だと誤解したのか⁉

「あらあら。まさか勇也君のお母さんじゃなくて彼女に間違われるなんて、私もまだまだ若い証拠ね。もっとくっついちゃったりして。あ、このことはもちろん貴さんには内緒にしてね？」

悪ノリした春美さんがさらにぎゅっと密着してくる。ちょっと春美さん、そういういたずらは勘弁してください！　タカさんに沈められますから！

「ウフフ。冗談よ。勇也君も私みたいなおばさんじゃなくて若い子がいいわよね。ごめんなさい」

「ごめんなさいもなにも春美さんは人妻なんですからそういうことは安易にしないでください。誤解しか生まないです」

俺の中での春美さん像の崩壊の一途が止まらない。常識人だと思っていたのに中身は楓さんみたいにからかうことが大好きな小悪魔じゃないか。

「つ、つまりこちらの女性は彼女ではなくてプレゼントを贈る相手ではない、ということでしょうか？　でも人妻って……どういうことですか？」

ほら見ろ。店員さんの思考回路が迷路に入ってしまったじゃないですか。

「私はあくまで付き添いです。なんて言うのかしら、勇也君は娘の初恋相手で近所に住むお兄ちゃんってところかな？　そんな男の子が初めて恋人に贈るプレゼント選びを手伝ってあげている感じ？」

どうしてそこは疑問形なんですか？　実際その通りじゃないですか。だからいい加減腕を離してくれませんかね？　というか引きはがしますね。恥ずかしいんで。

「アハハハ……それは大変失礼いたしました」

引き攣《つ》った笑みを浮かべる店員さん。春美さんのせいでドン引きされたじゃないですか。どうしてくれるんですか？　どれにするか選ぶのを手伝ってくれるというから春美さんと一緒に来たのにこれではまるで意味がない。

「大丈夫よ、私に任せなさい。勇也君の話を聞いてピンときたわ。勇也君の彼女さんはあれね、猫みたいな子よね。それも飼い主にべた惚《ぼ》れしていて、片時も離れたくない甘えん坊な子猫ちゃん！」

それは言い得て妙かもしれないな。楓さんはとにかくくっつきたがりなところがあるし、この前は甘えん坊怪獣にもなったからな。

「な、なるほど……そういうことならおすすめのブランドがありますよ？」

愛想笑《あいそわら》いを浮かべた店員さんから聞きたかった一言が！

案内されたガラスケースの中にあったのは聞き馴染《なじ》みのないブランドの時計。だがそのデザインはとても可愛くて、楓さんに似合うだろうと直感した。

「こちらのブランドの特徴は何と言っても猫の顔をモチーフしているところですね。色も女性が好きなピンクゴールドでとても華やかで可愛いですよ」

それだけじゃない。鮮やかなレッド系のライトストーンが文字盤や猫耳にふんだんにあしらわれている。さらにダイヤル部分に描かれた数多くのハートの中には猫がこっそり潜んでいるという遊び心もある。

「へぇ……こういう時計もあるんですね。知りませんでした。すごく可愛いですね」

「私も可愛いと思うし、何より子猫ちゃんな彼女さんにピッタリだと思うわ。喜んでくれること間違いなし！　むしろ私も欲しいくらい。貴さんにおねだりしてみようかしら？」

春美さんの満面の笑みをいただきました。俺だけでなく春美さんから見ても可愛いと言うことならきっと間違いないだろう。

「知る人ぞ知る隠れた人気ブランドですから、そのあたりも喜ばれると思いますよ？」

そして店員さんからのダメ押しの一言。そういうことなら他の誰かと被《かぶ》ることも少ないはず。

「これにします。お願いできますか？」

「はい、かしこまりました。ご用意いたしますので少々お待ちください」

そう言って店員さんは一度バックヤードに戻り、箱に入った新品を持ってきてくれた。念のため傷がないかを確認してプレゼント用に包装してもらう。楓さんが着けてみてサイズが合わない様なら来店すれば手直ししてくれるとのことだ。ありがたい。

「お買い上げいただきありがとうございました。またのご来店をお待ちしております」

小綺麗《こぎれい》な手提げ袋を店員さんから出口で受け取って俺と春美さんは店を出た。

何はともあれ。楓さんへのホワイトデーのプレゼントを用意することが出来た。あとは帰って渡すタイミングを計るだけだ。

「よかったわね、勇也君。良い物が買えて」

「はい。春美さんのおかげでいい買い物ができました。ありがとうございます」

「気にしないでいいのよ。私も楽しかったしね。それじゃそろそろ帰りましょう……か……」

突如春美さんがフリーズした。その視線の先にはあるのは、

「あぁ、カワウソの限定ショップですね。そっか。ここでやっていたのか」

二階堂がこの前話していたカワウソの期間限定ショップ開催中の文字。どうやら別のフロアでやっているようだ。のんきにそんなことを考えていると春美さんがガシッと腕を掴《つか》んできた。何ですかいきなり⁉

「勇也君！　カワウソショップに行きましょう！　何を隠そう、私はこのカワウソちゃんの大ファンなんです！」

「春美さんも好きなんですか？　せっかくだから覗《のぞ》いていきますか？　クラスメイトで好きな奴《やつ》がいるんですよ。義理チョコ貰《もら》ったんでそのお返しも選ばないといけないので」

「さすが勇也君ね！　話がわかるわ！　梨香も好きだからお土産に何か買っていってあげようかしら！」

かつてないくらいにテンションの上がった春美さんに引っ張られる形で俺はカワウソシ

ョップに足を踏み入れた。

「これはまた……すごいですね。思っていた以上にどれも可愛いですね……」

実物のグッズを見るとやっぱりテンションが上がる。機会があったら本物のカワウソを楓さんと見に行くのもいいかもしれない。きっと大はしゃぎするだろうなぁ。ふれあいコーナーとかあったらいいな。

「そうでしょう！　そうでしょう！　定期的に開催されるんだけどいつも盛況なの！　人気商品はすぐに売り切れちゃうからこのチャンスは見逃せないわ！」

目をギラギラと輝かせて、まるでサバンナに生きる肉食獣が如《ごと》く店内を物色し始める春美さん。うん、これは一緒に見て回ることは不可能だな。

俺は一人でグルグルと店内を歩き回る。確か二階堂が物欲しそうにしたのはリュックサックだったよな。でも楓さんのプレゼントが予算ギリギリだったからさすがに厳しい。となると別のもので何か良《い》いのはないか。

そこで目に入ったのはマグカップ。カワウソがプリントされていて可愛い。これなら日常的に使えるし渡しても邪険にされることもないだろう。値段は――うん、なんとかいけるな。目移りする前に早く買って帰ろう。あとお客さんの多くが女性だからなんとなく恥ずかしい。春美さんのことは外で待っていればいいか。

「税込み1650円です。袋はいかがいたしますか?」

「お願いします。あとプレゼント用にラッピングもお願いできますか?」

「かしこまりました。少々お時間いただきますのでお待ちいただくことは可能でしょうか?」

大丈夫ですと頷《うなず》いてお会計を済ませる。数分後、包んでもらった袋を受け取りカバンへしまう。割れ物だから気を付けて運ばないとな。

俺の買い物から遅れること30分弱。パンパンに膨れた袋を持った春美さんがほくほく顔で店から出てきた。

「勇也君、お待たせしてごめんねぇ! どれもこれも可愛《かわい》くて選ぶのに手間取っちゃって。えへっ」

こつんと頭を叩《たた》いて舌を出す春美さん。なるほど、タカさんはこういう可愛い仕草に心を撃ち抜かれたんだな。楓さんもたまにやる仕草だけどすごく可愛いからよくわかる。

「そろそろ帰らないとまずいわね。今日の夕飯は簡単なもので済ませちゃおうかしら……」

一転して主婦の顔になる春美さん。切り替えの早さもさすがだなぁ。常にぽわぽわしていた俺の母さんとは大違いだ。

「私は夕飯の買い物を済ませてから帰ることにするわね。勇也君はどうする？」

「荷物を、と言いたいところですがごめんなさい。今日のところは帰ります」

春美さんの協力のおかげで無事に楓さんと二階堂へのバレンタインのお返しのプレゼントを用意することが出来て一安心だ。二人には試験勉強でも世話になったからな。その感謝の意味を込めて渡そう。

「それじゃぁ気を付けて帰ってね？　寄り道したらダメよ？」

「そんなこと言ったらこの買い物自体が寄り道ですよ」

俺は春美さんと別れて一人で駅へと向かう。楓さんに今から帰るって連絡しようとスマホを手に取る。

「ん？　楓さんからメッセージ？　なんだろう――ってなんだよこれ⁉」

ヤバイ、目がチカチカする。身体《からだ》も震えてきた。一体全体何が起こっているんだ。何度読み返しても、スマホを再起動してみても。楓さんからのメッセージは変わらない。

『勇也君へ。実家に帰らせていただきます』

メッセージの内容は突然の宣言。交際を始めて一か月も経《た》たずにまさかの離婚危機だと⁉

幕間 ● 楓さんは見た

私は今、秋穂《あきほ》ちゃんと二人で都心にある大型ショッピングモールに来ていた。カラオケを堪能《たんのう》した後、秋穂ちゃんが洋服を見たいということでここに移動したのだ。二階堂《にかいどう》さんはもう少し歌っていきたいということで一人カラオケに残った。

「たまには女の子だけで買い物するって言うのもありだね！　シン君やヨッシーがいると見られないものとかもあるし」

日暮《ひぐれ》君がこの場にいないのは秋穂ちゃんが私たち三人だけで買い物に行きたいとちゃんと話したからだ。

『ねぇ、シン君。これから楓《かえで》ちゃんと哀《あい》ちゃんの三人で洋服とか見に行きたいんだけど……いいかな？』

『女子会だね？　うん、もちろんいいよ。むしろ僕がいると邪魔だよね。勇也《ゆうや》がいれば話は別なんだろうけど』

日暮君は苦笑いをしながら言うと、最後にもう一度秋穂ちゃんに『楽しんできてね』と伝えて帰って行った。

なんてことない当たり前の二人のやり取りを見て、私の胸はなぜかチクッと痛くなった。もし私と勇也君だったらどうだったろうか。言おうかどうしようか悩んでいる私に気を遣って勇也君から切り出してくれそうな気がする。勇也君は優しいからなぁ。

「ヨッシーは楓ちゃんのことをよく見ているからねぇ。でも思ったことはちゃんと口にした方がいいと思うよ。言わないと伝わらないことだってあるからね」

秋穂ちゃんが洋服を手に取りながら言う。確かにそうだ。課外合宿から帰ってきてから、勇也君は勉強をものすごく頑張るようになった。試験勉強は特にすごかった。毎日夜遅くまで、それこそ寝坊するくらいまで張りつめていた。どうして突然頑張るようになったのか、私はその理由を知らない。

「そんなに気になるなら直接ヨッシーに聞いてみたらいいんじゃない？　まぁ大方予想はつくけどね」

「秋穂ちゃんにはわかるんですか⁉　勇也君が突然勉強を頑張るようになった理由が⁉

お、教えてください！」

「えぇ……それはヨッシーに直接聞きなよぉ。あ、このニットワンピ可愛い！」

詰め寄る私を華麗にスルーして、秋穂ちゃんは白のニットワンピを手に取って広げてサイズを確認する。

「聞きたいのは山々なんですけど……怖いんです。勇也君の気持ちを聞くのが……もし拒絶されたらどうしようって考えると……」

放課後にみんなで集まって勉強会をしようとした日。前日の夜から勇也君と気まずくなっていた私は教室に行くのを渋っていた。秋穂ちゃんに手を引かれて遅れて向かったら、勇也君と二階堂さんの会話を聞いてしまった。そこで勇也君は、

――楓さんと付き合うのはすごく大変だ。それはもういろんな意味でね。

と言った。私は思わず逃げるように家へと帰った。涙を堪えて夕飯を作り、心を落ち着かせて勇也君の帰りを待った。その時勇也君の真意を聞きたかった。一緒にいるのが大変なんですか？　私のことが嫌いですか？　最近塩対応で寂しいですと。でも答えを聞くのが怖くて言い出せなかった。

「怖いかもしれないけど、勇気を出して聞いてみたらいいと思うよ？　だってあの話には絶対続きがあるはずだもん」

秋穂ちゃんはサイズが合わなかったニットワンピを悲しそうな顔で棚に戻しながら断言した。あの話に続きがある？　でもその日の夜に私は勇也君に脱いだ制服をそのままにして呆《あき》れられたんですよ？　だらしない私と一緒に暮らすのが大変と思っても不思議じゃありません。

「楓ちゃんと一緒にいるときのヨッシーを見ればわかるよ。ものすご――く幸せな顔をしているんだよ？　そんなヨッシーが楓ちゃんと付き合うのが大変だって言うのにはちゃんとした理由があるに決まっているよ！」

制服を脱ぎっぱなしにするのはいただけないけどね、と秋穂ちゃんは付け足して笑う。あ、あのときは動揺していたから仕方なかったんです！　あの日以来ちゃんと自分で片付けているもん！

「そういうわけだからお家《うち》に帰ったらヨッシーとちゃんと話をすること。わかった？」

「はい……わかりました。帰ったら勇也君としっかりお話します」

「うむ、わかればよろしい。あ、そうだ楓ちゃん！　このショッピングモールの中に有名なドーナツ屋さんがあるんだけど食べに行かない？」

どうやら秋穂ちゃんのお眼鏡に適《かな》う洋服はなかったようだ。きっと日暮君の意見を聴きながら選びたいんだろうなぁ。だって私も勇也君に尋ねながら選びたいもん。

「夕飯前だから自重して三個くらいにしておこうかなぁ」

「秋穂ちゃん、それは自重しているとは言えませんよ?」

「いいの! ドーナツは別腹なんだよ! 気にせず行くよ、楓ちゃ——ってあれはもしかして……ヨッシー?」

秋穂ちゃんの視線の先を追うと、私たちが居る洋服店の反対側の通路を歩いている勇也君の姿があった。その隣を歩いているのは見知らぬ女の人。それも私たちより年上の大人な女性だ。

「ゆ、勇也君が女の人と一緒に……」

私は目の前が真っ暗になりそうになった。勇也君は一人っ子のはずだし、近所に幼馴《おさなな》染《じみ》のお姉さんとかもいないはず。となるとあの人はもしかして勇也君の——

「いやいや。ヨッシーに限ってそんなはずはないよ。あ、店に入っていったみたいだよ。あそこは……時計屋さん?」

勇也君たちは二人仲良く一緒に時計屋さんへと入っていった。勇也君は腕時計をしていなかったはずだ。まさかあの年上の女の人に買ってもらうとか⁉

「気になりますなぁ……よし、近づいてみよう！　行くよ、楓ちゃん！」

無理やり秋穂ちゃんに腕を摑《つか》まれて私たちは二人の様子がよく見える場所へ移動した。気付かれないようにそっと息を潜める。

「むぅ……どうやら二人が見ているのは女性物が並んでいるコーナーみたいだね」

「そ、そんな……それじゃ腕時計はあの女性へのプ、プププレゼントってことですか？」

「いや、そうとは限らないいんじゃないかな？　だってあれはカップルというよりはむしろ――」

秋穂ちゃんが何か言おうとしたその時、私は信じられない光景を見た。女性が華やかな笑顔を浮かべながら勇也君の腕に抱き着いたのだ。あぁ……もうダメだ。お終《しま》いだ。

「やっぱり……あれはカップルというより親子だよ。ヨッシーのお母さんは海外だから近所に住んでいる知り合いのお母さんってところかな？　って聞いてる、楓ちゃん？」

必死に話しかけてくる秋穂ちゃんの声をどこか遠くに感じる。口から魂が抜けるという表現をたまに耳にするが、今の私はまさにその状態だ。

それからどうなったか記憶が定《さだ》かではない。秋穂ちゃんに連れられてフードコートで少し休憩して、私と勇也君の愛の巣がある最寄りの駅まで送ってもらった気がする。

確かに覚えているのは、家に着いてから勇也君にメッセージを入れたことだけ。

『勇也君へ。実家に帰らせていただきます』

これからどうしましょう。真っ暗な寝室でうずくまりながら私はとりあえずお母さんに話を聞いてもらうことにした。

第7話・雨降って地固まる

I'm gonna live with you not because my parents left me their debt but because I like you

いったい何が起きているんだ。

「お、落ち着け。落ち着くんだ吉住勇也《よしずみゆうや》。まずは深呼吸して……その後は……素数を数える？　って違う！　まずは……そう！　電話だ！」

楓《かえで》さんに電話をかけてみるが呼び出し音は鳴るが一向に出る気配はない。くそ、ダメか。一緒にカラオケに行っていた伸二《しんじ》や大槻《おおつき》さんなら楓さんの様子を何か知っているかもしれない。

逡巡《しゅんじゅん》したが、伸二ではなく大槻さんに電話をかけた。クラスメイトで楓さんの親友で、学校では俺以上に接する時間が長い彼女ならもしかしたら異変に気付いたかもしれない。

『もしもし？　あ、ヨッシー！　電話かけてくるのが遅いよ！　何やっていたのさ！』

開口一番、大槻さんの罵声に近い声を浴びせられた。どういうことだ？　と戸惑う俺に大槻さんは一転して静かな声で、

『ねぇ、ヨッシー。私と楓ちゃんはね……見ちゃったんだ。ヨッシーが女の人と腕を組んで時計屋さんで買い物をしているところを』

「……え？」

俺は言葉を失った。もしかして俺と春美《はるみ》さんが一緒にいるところを楓さんに見られたのか？　しかも腕を組んでいるところを。もしかしてそれで誤解したのか？　俺は春美さんのこと、そしてショッピングモールになぜ行ったのかを大槻さんに説明した。

『ハァ……やっぱりね。そんなことだろうと思ったよ。明日はホワイトデーだもんね。楓ちゃんを驚かすためのヨッシーなりの準備だったたってことだね』

大槻さんが嘆息してやれやれと肩をすくめている姿が容易に想像できる。それにしても今の大槻さんは普段とはまるで別人だ。何もかも見通している名探偵のようだ。

『そりゃ私は楓ちゃんの親友だからね。雑談から恋の悩みまで、この一年間で色んなことをたくさん話してきたよ』

どこか誇らしげに話す大槻さん。そうだよな。大槻さんは楓さんと一年近く同じ教室で過ごしているんだ。それに比べて俺はまだ三か月も一緒にいない。

『ヨッシーと楓ちゃんはさ。すごく仲が良くてラブラブでまるで新婚さんみたいだけど、熟年夫婦じゃないいんだよ。この違いがわかるかな？』

新婚と熟年夫婦の違いか。漠然とだが言いたいことはわかる気がする。大きな違いは同じ時間を過ごして来たという積み重ね。言葉にしなくても通じ合うほど互いを理解しているということか？

『二人に足りないのは圧倒的に時間だよ。だって楓ちゃんとヨッシーはまだ生まれたてのヒヨコみたいなカップルだからね』

ヒヨコか。でも確かにそうかもしれない。いきなり同棲《どうせい》を始めて急激に距離が近くなった。一緒に暮らすことで楓さんの素顔をどんどん知っていくうちに彼女の何もかもを分かった気になっていた。それがいつの間にか〝楓さんなら言わなくてもわかってくれる〟と思い込みに繋《つな》がっていたのかもしれない。

『そもそも何があったか知らないけど、楓ちゃんとヨッシーなら大丈夫！　今回のこともちゃんと話せばわかってくれると思うからファイトだよ！』

いつもの陽気な声で電話は終わった。

大槻さんのおかげでどうしてこんなことになったのかわかったがこの先どうするかという根本的な問題は残ったままだ。もし本当に実家に帰っているなら楓さんの実家に行くか？　いや、そもそも俺は楓さんの実家がどこにあるか知らないから無理だ。電話をしても繋がらないし、どうしたらいいんだ。

手詰まりな状況に唇を噛《か》みしめていると、突然スマホが震えた。誰からだ？

『あ、もしもし勇也君？　桜子《さくらこ》です。今大丈夫かしら？』

「さ、桜子さん!?　は、はい！　大丈夫ですけど……」

楓さんのお母さんこと桜子さんからの電話だった。思わず俺はその場で直立不動の姿勢をとった。

『かしこまらなくても大丈夫よ。楓から話を聞いたわ。大丈夫？　パニックになっていないかしら？』

「……ごめんなさい、桜子さん。俺の軽率な行動のせいで……」

楓さんから話を聞いたということは俺が〝見ず知らずの女性と一緒にいた〟と桜子さんに伝わっているはずだ。

『楓がひどく沈んだ声で電話をかけてきた時には驚いたわ。色々事情を聴いて、その上で私の率直な感想だけど、今回の件は楓が早とちりしたのと、あの子が勇也君を好きすぎるがゆえに起きたすれ違いといったところかしら？』

桜子さんはウフフと笑ってから言葉を続けた。

『こういうことは交際し始めたカップルにはよくある話よ。特にあなた達はまだ生まれて数か月の雛鳥《ひなどり》のようなものだからなおさらね。ありていの言葉で言えばコミュニケーション不足』

コミュニケーション不足か。結局はそういうことだ。気持ちは言葉にしないと伝わらない。それを疎《おろそ》かにすれば簡単かつ致命的なすれ違いが発生する。気付いた時には取り返しのつかないことになってしまう。

『今あなたたちに起きていることは単なるボタンの掛け違い。そういう時はね、ひざを突き合わせて本心をきちんと伝え合うことよ』

「……本心を伝え合う、ですか？」

『そう。思っていることを全部吐き出すの。夫婦であれカップルであれ、一人の人間なんだから』

「…………桜子さん」

『楓なら家にいるから早く帰ってあげて。あなた達ならきっと乗り越えることが出来るわ。頑張ってね』

「はい……！　ありがとうございます！」

最後に激励の言葉を残して桜子さんからの電話は切れた。一度、二度と深呼吸を繰り返して乱れた心を整える。大槻さんと桜子さんのおかげで今何が起きているのか、俺と楓さんに何が足りなくて、そしてこの先どうしていかなきゃいけないのかよくわかった。

楓さんと話をして気持ちをしっかり聴く。まずはそこから始めよう。

俺は決意と覚悟を決めて家へと急いだ。

＊＊＊＊＊

「楓さん――――‼」

叫びながら俺は扉を開ける。

いつものように玄関に迎えに来るようなこともなければ〝お帰りなさい、勇也君！〟という声もない。それがないだけで心が痛む。だが朝履いていった革靴はあった。ということは桜子さんの言っていた通り楓さんは家に帰ってきていることは確かだ。それだけでほっとしてしまう。

靴を脱ぎ捨ててリビングへ向かう。湾岸の夜景からの光が差し込んでいるが、電気は点《つ》いておらず薄暗かった。楓さんの姿もない。リビングでないとすれば考えられる場所は――

「――あ、勇也君」

真っ暗なベッドの上。ちょこんと体育座りをしている楓さんの姿があった。心なしか部屋の温度も低くて寒い。にもかかわらず楓さんは制服姿のまま。きっと身体《からだ》も冷えていることだろうに。俺は今まで着ていたコートをそっと肩にかけた。

「暖かくしないと風邪ひいちゃうよ？」

「……はい。ありがとうございます」

楓さんは返事こそ返してくれるものの、うつむいたままで声に覇気はない。俺はそっと隣に腰かけた。

沈黙が流れる。正直気まずいけれど、俺は何も言わずにただじっと楓さんが話してくれるのを待った。お互いの呼吸音だけがかすかに聞こえる静かな寝室。俺の心臓はバクバクとうるさいくらいに脈打っているし唇も乾いてきた。

「ねぇ、勇也君……私は……邪魔ですか？」

俺の手をそっと握り締めながら、楓さんが消え入りそうな声で尋ねてきた。いつもなら暖かくて心地いい楓さんの手は氷のように冷たく、何かを恐れているかのように小刻みに震えていた。

「私と一緒にいるのは……勇也君にとって大変なことですか？　勇也君にとって私は負担

ですか？」

顔を上げ、大粒の涙がこぼれ落ちそうになるのを懸命に堪えながら俺の目を見つめて一生懸命に言葉を紡《つむ》ぐ楓さん。

俺と二階堂《にかいどう》の話を聞いていたのか。ならあの時聞こえた足音は楓さんと大槻さん、あと伸二ってところか。

「楓さん……どうしてそんな風に思ったのか話してくれないかな？」

「ゆ、勇也君が二階堂さんに優しくしているのを見て寂しかったんです。でも二階堂さんは怪我《けが》をしているから優しくするのは当然で……それなのに嫉妬しちゃう自分が嫌になったんです」

二階堂が松葉杖《まつばづえ》を突いて登校した初日。俺の腕を摑《つか》んで引っ張って歩き出したのはそういう思いの現れだったんだね。

「でも勉強頑張っている勇也君を応援しないといけない、力にならないといけないって思って気にしないようにしていたんです」

放課後の勉強会に顔を出したり出さなかったりしたのは楓さんの中で葛藤していたからだったのか。

「二階堂さんの怪我も治って、試験が終わればきっと勇也君はもっと私を見てくれる。塩対応期間が終わると思っていたんです。でも……勇也君の塩対応は終わりませんでした」

「ちょっと待って楓さん。塩対応期間？　俺が楓さんに塩対応をしていたって言うのか？

俺にそんなつもりは――」

「だってだって！　最近勇也君は私に全然かまってくれないんだもん！　勉強頑張っているから仕方ないですけど、やっぱり夜は一緒にお布団《ふとん》に入っておやすみなさいって言ってから寝たいのに先に寝ててって言うし！　勇也君のためにココアを入れようとしたらいらないって言うし！　今日だってカラオケ一緒に行きたかったのにあの怖い人の家に行くって言うし！」

早口で一気にまくし立てる楓さん。言葉はさらに続く。

「私は勇也君とずっと一緒にいたいです。これからも先も……高校を卒業したら籍を入れて、一緒の大学に入学して卒業したら結婚式を挙げて新婚旅行に行きたいです」

あぁ、そうだね。高校を卒業したら俺は一葉《ひとつば》勇也になって、楓さんと同じ大学に通う。勉強しながら楓さんのお父さんの下で学ぶ。大変な日々だろうけど楓さんが一緒ならきっと頑張れる。でも――

「でもね、楓さん。その未来を摑むためには今のままじゃダメなんだ」

「……え？　ゆ、勇也君、それはどういう……？」

「今の俺には何もない。薄っぺらな紙切れと同じだ。むしろ借金を残して人様に迷惑をかけた最低の親の子供だ。そんな何もない俺と楓さんは一緒にいたいの？」

「そんなことはないです！　勇也君はサッカーをとても頑張っているじゃないですか！　それに勉強だって……！」

「俺よりサッカーが上手《うま》い人なんてそれこそたくさんいる。勉強だって同じ。楓さんや二階堂の足元にも及ばない。もちろんプロを目指そうとか、学年一位になろうとは考えてない。でも少しでも上に行きたいと思ってる」

楓さんは何も答えない。だけど俺はそれにかまわず、桜子さんに言われたように〝本心〟を打ち明ける。

「楓さんに寂しい思いはさせたくない。させたくないけど俺の頑張りもわかってほしいんだ。だから寂しい、寂しいって言わないでくれ……そんな風に言われたら俺は楓さんを何よりも優先しちゃうから……それだとダメなんだよ！」

一緒にいたい。寂しい思いをさせたくない。でもサッカーも勉強も頑張りたい。楓さんにだけ構っては……いられない。

「ゆ、勇也君……」

「お願い、楓さん。寂しい思いをさせるかもしれないけれど、俺と一緒にいたいと思ってくれるなら、俺の頑張りを見守っていてほしい。一人残って練習をしている俺を見守ってくれていた時のように……」

血が滲《にじ》むほど強く唇を噛みしめながら、俺は絞り出すように言った。

桜子さんは言っていた。〝夫婦であっても一人の人間だ〟と。それは同じ時間を共有しつつも互いの時間も尊重するということじゃないだろうか。

楓さんはかまってもらえなくて寂しい。俺はサッカーや勉強を頑張りたい。このバランスを平衡に保つ。どちらかに比重を傾けず、何かあればちゃんと言葉で伝える。それが一緒に過ごしていくうえでとても大切なことだと思う。

「あぁ、もう……ほんとダメですね、私。自分のことばっかりで勇也君のこと全然考えられていませんでした……」

楓さんがポツリと呟《つぶや》いた。

「あの日。星空の下で勇也君に好きって言ってもらえたのが嬉《うれ》しくて……もっと〝好き〟って言ってほしい、私だけを見ていてほしいって思ったんです」

自嘲的な笑みを浮かべる楓さん。俺は黙って彼女の言葉を聴く。今話していることはきっと彼女の本心だ。

「でも勇也君の目は今だけじゃなくて未来も視《み》ていたんですね。そのために変わろう、頑張ろうとしている勇也君に私は気づかず、ただ寂しい、かまってと甘えていたんですね」

ダメな彼女ですと、楓さんはまた自嘲する。

「楓さん……」

「私が勇也君に惹《ひ》かれたのはそのひたむきに努力できるところです。すごく長く、険しい道のりを勇也君は歩もうとしている。なら私にできること……ううん。私はその隣を一緒に歩いて支えていきたい」

俺の手を取る楓さん。白魚のような綺麗《きれい》な手は血の気が引いたように白く冷たくて小刻みに震えていた。いや、冷たく震えているのは楓さんの手ではなくて俺の方――

「未来のために頑張ってくれるのは嬉しいです。でもお願いです。一人で何もかも抱え込まないでください。私の声をちゃんと届けます。だから勇也君の声も聴かせてください」

ぎゅっと俺の手を包み込みながら楓さんは優しく微笑《ほほえ》んだ。

「だってそれが……一緒に過ごしていくうえで大事なことですもんね。実はお母さんからも言われたんです。〝夫婦であっても一人の人間なのよ〟って。これって互いを尊重し合うってことですよね？」

「俺も同じことを言われて、同じことを思ったよ。俺と楓さんに足りなかったのはきっとこのことだったんだと思う」

「その第一歩がお互いの思いをちゃんと言葉にすることですね。秋穂《あきほ》ちゃんと日暮《ひぐれ》君が自然とそのやり取りをしていてすごく素敵でした」

伸二と大槻さんの二人は付き合い始めてもうすぐ一年になるか。時間の積み重ねの差というやつだろうか。

「私たちも積み重ねていけばいいんです。勇也君、今日から改めてよろしくお願いします」

「うん、こちらこそよろしくね、楓さん」

俺と楓さんの関係はまだ始まったばかりだ。長い時間を一緒に過ごしていくための第一歩を踏み出したと思えばいい。桜子さんも言っていたが、こういうことを何度も乗り越えて絆《きずな》を深めていくのが家族という関係なんだ。

「ところで勇也君。聞きたかったんですけどショッピングモールで一緒にいた大人な女性は誰なんですか？　勇也君はあの時計屋さんでいったい何をしていたんですか⁉　教えてください！」

「あぁ、それは……」

俺は寝室に入ってすぐにベッドの上に置いた紙袋を手繰り寄せながら事情を説明する。

「一緒にいたのはタカさんの奥さんの春美さん。楓さんに渡すプレゼントを選ぶのを手伝ってもらったんだ。それで選んだのがこれ。時間はまだ少し早いけど、まぁいいよね」

期待と不安を心に抱えながら俺はホワイトデーという名の戦場に立つ。やばい、今更になって緊張してきた。

「へ？　プレゼント？　と、突然どうしたんですか勇也君？　私の誕生日はまだずっと先ですよ？」

キョトンとした顔で考える楓さん。バレンタインとか自分が渡す側のことはしっかり覚えていて抜かりがないのに自分が貰《もら》う側になると途端にポンコツになるのはどうかと思う。まぁ意図せずしてサプライズになるからいいのかもしれないが。

「楓さん、明日は何月何日かな？」

「え？　明日ですか？　今日が13日だから明日は3月14日ですね。えっ!?　もしかして――――！」

「うん、そう。やっと気付いたみたいだね。明日はホワイトデー。日付はまだ変わっていないからフライングだけど、楓さんへ感謝の気持ちを込めて選んだんだ。受け取ってくれるかな？」

俺は震えそうになる声を必死に抑えて、高鳴る心臓の音が漏れ聞こえていないか心配になりながら、小包を楓さんに手渡した。

「こ、これを買いに行くために今日のカラオケを断ったんですか？　そして一緒にいたのは大道《おおみち》さんの奥様でプレゼント選びを手伝ってもらっただけで……」

「うん。本当なら前もって準備をしていればよかったんだけどそんな余裕はなかったし、恋人にプレゼントを渡すのは初めてだったから何を渡したらいいのかわからなくて。情けない話だよね」

楓さんは受け取ってくれたが何故《なぜ》か俯《うつむ》いて言葉を発しない。静寂な夜に沈黙が流れる。緊張で口から心臓が飛び出そうだ。この緊張は星空の下で告白した時と同じレベルだ。

「勇也君……開けても、いいですか？」

しばらくすると楓さんは声を絞り出すように尋ねてきたので俺は黙ってこくりと頷《うなず》いた。永遠に続くと思えた沈黙が終わったのはいいが、次に訪れたのは開封を見守るという難行。

ビリビリと破けばいいのに楓さんは慎重かつ丁寧な手つきで包装をほどいていく。喉が渇く。ごくりとつばを飲み込む音さえも大きく聞こえる。

そしてついに、楓さんが包装を取り終えた。そこから現れた薄ピンク色の立方体の箱を震える手つきで開けた。

「これは……腕時計……？　しかも猫ちゃん……可愛《かわい》いです」

「楓さんは子猫みたいなところがあるから似合うと思ってさ。それに腕時計しているのを見ないからちょうどいいかなって」

子猫のように甘えてくる可愛いときもあれば女豹《めひょう》のように妖艶《ようえん》になるときがあるのでピッタリだと思った。ピンクゴールドという色には可愛さだけでなく、大人の雰囲気を醸《かも》し出す艶《あで》やかさもある。楓さんの白磁の肌に映えるはずだ。

「腕時計なら時間を見るときに俺のことを思い出してくれるというか、その……いつも俺と一緒というか……楓さんは俺の彼女なんだぞ、ってアピールになるかなって」

自分でも何を言っているのかわからなくなってきた。

いつも時計を身に着けていてくれたら俺のことを感じてもらえるかなとか、俺が贈った時計を楓さんが毎日着けてくれているのを見ることが出来たら嬉しいなとか思ったり。けれど楓さんは何も答えず、腕時計を箱から優しく取り出すとじっと見つめた。

「か、楓さん……？　その、どうかな？　気に入ってくれたかな？」

何も言ってくれないと不安になる。やっぱり無難にネックレスとかバングルとかの方がよかったかな。色も俺は似合うと思ったけどピンクゴールドは嫌いだったかな？　ダメだ、考え出したら後悔が止まらない。あっ、泣きそう。

「え？　勇也君？　どうしてそんな泣きそうな顔になっているんですか？」

「……だって楓さんが何にも言わないから気に入ってくれなかったかなって思って……」

「どうしてそんなことを言うんですか？　何も言わなかったのは謝りますけど、それは勇也君の思いが籠もったプレゼントが嬉しかったから言葉が出なかったんです」

その言葉に俺は顔を上げた。楓さんの頬は紅潮し、表情は笑顔だがその瞳には今にも零《こぼ》れ落ちそうになる光があった。せっかく泣き止《や》んだのに。

「私のためにわざわざ……一生懸命選んでくれたんですよね？　その気持ちだけですごく嬉しいです。それに勇也君の言う通り、これを身に着けているだけで勇也君をすぐそばに感じることが出来そうです。ホント、勇也君は時々ロマンチストさんです」

告白も星空の下でしたね、と付け足しながら楓さんはニコリと笑った。

「ねぇ勇也君。時計、着けてくれませんか？　一番初めは自分ではなくあなたに着けて貰いたいです」

そう言って楓さんは時計を俺に渡して左手を差し出してきた。なんだか結婚式で指輪をはめるような感じがして気恥ずかしいが、楓さんから期待の眼差《まなざ》しを向けられては断れない。よし、本番前の練習と思うことにしよう。

楓さんの手を取り、時計をそっとくぐり通してぱちりと金具を止める。不安だったサイズ感もピッタリだ。

「ありがとうございます。フフッ。この猫ちゃん顔の文字盤は可愛いですね。色も可愛いですし、すごく気に入りました。勇也君、本当にありがとうございます」

「楓さんが喜んでくれたなら俺も嬉しいよ。もし気に入ってくれなかったらどうしようって思っていたからさ」

「もう！　勇也君が一生懸命選んでくれたプレゼントを私が気に入らないとどうして思うんですか⁉　嬉しくて小躍りしたいのを我慢しているくらいです！」

小躍りって。そんなになるくらい喜んでくれたならタカさん家に行ってまで相談したり春美さんや店員さんの助言を貰った甲斐《かい》があったというものだ。

「……ねぇ、勇也君。仲直りのキスをしませんか？　というかしてもいいですよね？」

俺の首に楓さんの腕が回り、引き寄せられるようにキスされた。少し乱暴だけど甘い口づけだった。

「このまま勇也君と一緒に蕩《とろ》けてしまいたいです……」

その感想には俺も同感だ。俺だって健全な男子高校生。そういう願望が無いわけじゃない。でも今はまだダメだ。楓さんのことが愛《いと》しくて、大切に思っているからこそ、越えなければいけない壁がある。それは言い替えるなら俺なりのケジメというやつだ。

それは男なら誰もが通るお義父《とう》さんへの挨拶という通過儀礼だが、楓さんにふさわしい男になって自立できるようになるという意味もある。今のおんぶにだっこの状況から卒業することが俺の考えるケジメである。

壁はとてつもなく高い。だがこれを乗り越えて初めて楓さんとの関係をより深めることが出来る。

「フフッ。私はいつでも待っていますからね。そのためにアレの準備もちゃんとしておきますから安心してください」

「……か、楓さん？　あなた何を言っているんですか？　アレってもしかして……」

「アレとはアレですよ。決まっているじゃないですか。コンd――――」

「言わせねぇぇぇぇぇよ‼‼」

静かな寝室に俺の悲鳴が木霊《こだま》する。楓さんって人は！　俺の覚悟を何だと思っているんだ！

「もう、勇也君はニワトリ……じゃなくて紳士さんですね。あ、そうだ！　話は変わりますけど試験勉強を頑張った勇也君にご褒美《ほうび》を用意しないといけませんね！」

「……うん、だいぶ唐突に話が変わったね。急転直下の大落下だよ」

「私からのご褒美、ほしいですよね？　そうですよね⁉」

え、何その質問。俺に与えられた選択肢は〝はい〟か〝ＹＥＳ〟しかなくありませんか？　まぁいいえと答えるつもりは微塵《みじん》もないからいいんですけどね。

「勇也君ならそう言ってくれると思っていました！　試験勉強を頑張ったご褒美に背中を流してあげて特別なマッサージをしてあげます！　それはもう天にも昇る気持ち良さだと予告しておきます！　決行日は答案返却の日の夜です！」

フフッと耳元で妖しく笑う楓さん。背筋にゾクゾクっとした電流が流れる。期待と不安に胸が膨らむ。

「楽しみにしていてくださいね？　こっちも癖にならないよう心しておいてください」

蠱惑《こわく》的な笑みを浮かべながら楓さんはそう言った。そこはほどほどにお願いしますね。

第8話 ● この気持ちをどうすればいい？

I'm gonna live with you not because my parents left me their debt but because I like you

テストの返却日を迎えた。手ごたえはあったからいつもよりは良《い》い点数を取れているという自信とそれは俺の勘違いでダメかもしれないという不安が交互に押し寄せてくる。

「もう、今更気にしても仕方ないですよ。それに結果がどうであれ、勇也《ゆうや》君が頑張っていたのを私はちゃんと見てきましたからね。今回がダメでも次はきっと大丈夫ですよ」

一度ダメだったからといって勉強したことが無駄になるわけではないと楓《かえで》さんは言う。何がいけなかったのかを考えて次に活《い》かせばいい。基礎を積み重ねつつ自分に合った勉強法をまずは見つけること。それが大切だと楓さんは話した。

期末の試験の結果は午前中で全て返却される強行スケジュール。一喜一憂する声が教室に響き渡る中、俺は冷静に答案用紙を受け取りながら心の中では盛大にガッツポーズを連発していた。

「フフッ。その顔だとどうやら結果はよかったみたいだね、吉住《よしずみ》」

「あぁ。過去最高の結果だよ。まさかここまで良いとは思わなかったけどな。これも楓さんや二階堂《にかいどう》のおかげだな。ありがとう」

俺の点数は軒並み70点後半から80点台をマークしている。一番力を入れた英語は95点と自分でも驚きの高得点。あと少しで満点だったのが悔やまれるところだ。

「でもホントすごいよ勇也。これならトップ10どころか5番以内に入れるんじゃない？」

「それはどうだろうな。楓さんは全部満点だろうし、5番以内に入るためにはそれこそ平均80点台後半はないとキツイと思うぞ。うちの学校、優秀だからな」

ざっと計算した感じでは今回の俺のテストの平均は80点に届くか届かないかってところだ。10番以内には入れると思うがベスト5、トップ3の壁はまだまだ高い。それは二年生以降に持ち越しだな。

「フフッ。それもこれも教える人が良かったからじゃないかな？　吉住もそう思うだろう？」

「そうだな。これもすべて二階堂先生のおかげだな。どうもありがとうございました」

「そうだろう？　放課後の勉強会に付き合ってあげたからね。その感謝の気持ちを言葉じゃなくて誠意で見せてくれたら嬉《うれ》しいな」

ニヤニヤと人の悪い笑みを浮かべる二階堂。わざわざそういうこと言わなくてもちゃんとお礼は用意しているさ。

「はい、これ。少し遅くなったけどバレンタインのお返しだ。少し遅くなったけどそこは許してくれ」

俺はカバンからプレゼントを取り出してサッと二階堂の机の上に置いた。もうすぐ終礼で先生も来るし、人目につく前に早くしまってくれ。

「あ、ありがとう……え？　これってもしかして例のカワウソの？　もしかして私のために——？」

「たまたまだよ。楓さんに渡すプレゼントを買いに行ったら偶然な。諸々《もろもろ》のお礼をこめて選んだんだ。まぁ使うかどうかは任せるが……」

「ううん。中身が何かはわからないけど大切に使うよ。ありがとう、吉住」

はにかんだ笑みを向けられて、不覚にもドキッとする。ホント、二階堂の不意打ちの笑顔は心臓に悪い。

「フフッ。こういうことなら今度から試験のたびに吉住の家庭教師になろうかな。そうすれば吉住はグッズを買ってくれるよね？」

「それは勘弁してください」

お金がいくらあっても足りないからな。二階堂は冗談だよと言いながらカバンにプレゼントをしまった。くれぐれも気を付けて運ぶんだぞ？　ぶつけたり落としたりするなよ？割れたら大変だからな？

「もう、吉住のバカ。それだと中身が何かだいたいわかっちゃうじゃん。私の楽しみを返せ」

ぷくっと頰を膨らませて抗議してくる二階堂。だからそういう仕草を不意打ち気味でかますんじゃない。

＊＊＊＊

「たたた、大変だよシン君‼　というか助けてシン君‼」

つつがなく終礼が終わってすぐのこと。廊下からドタバタと喚《わめ》きながら助けを求める大《おお》槻《つき》さんの声が聞こえてきた。なんだよ、騒々しいな。

「どうしたの秋穂《あきほ》？　そっちもＨＲ終わったの？　帰る準備をするからちょっと待っててくれる？」

「待てないよぉ！　楓ちゃんが朝からずっ――とニコニコうっとりしながら腕時計を見つめたり触ったりしているんだよ⁉　あまりの甘さに私は胃もたれ寸前だよ！」

そっか。楓さん、俺がプレゼントした時計をそんなに大事にしてくれているのか。俺の見ていないところでそういうことをしているのを聞くのは嬉しいな。

「……誰に貰《もら》ったかなんて聞くまでもないんだけどさ。一応聞いてみたんだよ。そしたら案の定『勇也君がホワイトデーのプレゼントでくれたんです。えへへ。子猫みたいに可愛《かわい》いからと猫ちゃん形の時計を選んでくれたんです。どうです？　すごく可愛くないですか？』って言うんだよぉ‼　そりゃ楓ちゃんの蕩けた笑顔は可愛いけども！　盛大に惚気《のろけ》られて私は砂糖漬けになりそうだよ！」

それは尋ねるまでもないことをあえて尋ねた大槻さんが悪いのでは？　おい、伸二《しんじ》。そこでどうして俺を睨《にら》むんだよ。俺に非難の視線を向けるのはお門違いじゃないか？

「ホワイトデーに腕時計をプレゼントねぇ……なるほど。試験終わりに僕らとカラオケに行かなかったのはそういうことか。あの勇也がプレゼントをねぇ……ホント、一葉《ひとつば》さんが大好きだね、勇也は」

「うるせぇよ。そういう伸二は大槻さんに何をプレゼントしたんだ？　後学のために教えてほしいな」

「僕？　僕はハンドクリームとルームフレグランスにしたよ。秋穂にぴったりの甘い香りのやつ。ちなみに自分用に香水も買ったんだ」

ハンドクリームにルームフレグランスとはオシャレな物を。さすが伸二だな。でもどうして自分用に香水を買ったんだ？

「だって、香水をつけたら秋穂と一緒にいるって感じがするだろう？　誰かさんと違って僕らは一緒に暮らしていないからね」

そう言ってニコッと笑う伸二。なんなんだ、この男は。本当に俺と同じ高校一年生なのか？　香りで大槻さんを思い出すだと？　考え方がロマンチックすぎるぞ。

「ちょっとシン君⁉　それは私たちだけの秘密じゃなかったのかな⁉」

大槻さんが顔を真っ赤にして伸二に詰め寄り胸ぐらを摑《つか》んでぐらぐらと揺らす。アハハとのんきに笑う彼氏に対してギャァギャァと喚く彼女。これぞまさしくバカップル。明和《めいわ》台《だい》高校の名物だ。

「何が名物風景じゃぁ！　そもそも原因はヨッシー！　君にあるんだからね！　この間は泣きそうな声で電話してきたと思ったら見事なまでの手のひら返しでメオトップルぶりを発揮してくれちゃって！　そういうのはよそでやってくれるかなぁ⁉」

おいこら。誰がいつ泣きそうな声で電話したって言うんだよ？　俺は電話して話を聞い

イチャ
イチャ
イチャ
イチャ

ただけであって泣きそうな声は出していないぞ？　まぁ大槻さんのおかげで色々助かったのは事実だからな。その節はどうもありがとうございました。

「へぇ……吉住が泣きそうな声か。聞いてみたい気もするけどその原因はどうせ一葉さんだろう？　え、もしかして喧嘩《けんか》でもしてたの？」

「バ、バーロー。そんなはずないだろう。喧嘩なんてしてない」

「ならどうして目を逸《そ》らすのかな？　吉住、何があったのか教えてよ。いいだろう？　私とキミの仲じゃないか」

調子に乗った二階堂がウリウリと肘でわき腹を小突いてくる。くすぐったいからやめてくれ。それに話したところで面白くもなんともないし、どうせ話し終えたら〝なんだよ、結局惚気話じゃないか〟って言うに決まっている。だから俺は黙秘権を行使させてもらう。

「……つまりは雨降って地固まるってことでいいのかな？」

「哀《あい》ちゃん、残念ながらその通りだよ。腕時計が何よりの証拠だよ」

やれやれと呆《あき》れ顔で肩をすくめる大槻さん。もしかして俺が悪いのか？

「羨ましいね、まったく……独り身には辛《つら》い話だよ」

ハァとわざとらしく大きくため息をつく二階堂。なぁ、そこでどうして俺を睨みつける？　極寒の視線を向けないでもらえるかな？

「ふん、うるさい。それもこれも全部吉住が悪いんだからね。日暮《ひぐれ》のバカップルぶりをいじる貴重な相棒だったのに、気付いたら一葉さんとメオトップルになってて裏切ったりするからだよ！」

腕を組み、フンと鼻を鳴らしてそっぽを向く二階堂。理不尽ここに極まれりといった感じだな。しかもあの聞く耳持たないポーズを取られたら何を言っても無駄だな。

「秋穂ちゃん！　終礼が終わるなり突然教室を飛びだしていなくなったと思ったらやっぱりここにいたんですね！」

肩で息をしながら楓さんが乗り込んできた。げぇっとカエルが潰れたような声を出して大槻さんは慌てて俺の背中に隠れた。

「ちょっと秋穂ちゃん、どうして勇也君の背中に隠れるんですか？　そこは日暮君じゃないんですか？」

「いやぁ……ヨッシーを盾にすれば楓ちゃんは何も言えなくなるかなって……」

なんて卑劣なことを考えるんだ。てへって笑ってもダメだぞ、大槻さん。それで許されるのは楓さんだけだ。というわけで盾役は撤収させていただきます。俺はひょいっと軽く飛んで楓さんの横に移動する。

「あぁ⁉　ヨッシーのバカ！　どうして楓ちゃんの横に行っちゃうのさ⁉　この薄情

者！」

「フッフッ……さぁ、秋穂ちゃん。いったい何を話していたんですか？　早くしゃべった方が身のためですよ？」

楓さんは笑ってこそいるがその背中にゴゴゴと効果音付きで般若《はんにゃ》が立っているのが見える。うん、シンプルに怖いな。

「や、やだなぁ……楓ちゃん。別に変なことは話していないよ？　私が話したのは今日の楓ちゃんはヨッシーからもらった腕時計を見つめてずっとニヤニヤしていて大変だったってことだけだよ？」

「ベラベラと喋《しゃべ》っているじゃないですかぁ⁉　私が時計を見ながらデレデレしていたのは秘密のはずですよ⁉」

なんだ、ニコニコうっとりじゃなくてデレデレしていたのか。まぁどっちにしても嬉《うれ》しいんだけどね。

「仕方ないじゃないですか！　勇也君からの初めてのプレゼントだったんですよ⁉　しかも暗黒の塩対応期間で絶望して、色々話をした後に不意打ちで渡されたんです。デレデレするのは当然です！」

楓さんは大槻さんの肩を摑んでガクガクと盛大に揺らす。きゃぁと悲鳴を上げる大槻さんだがどこか楽しそうでもある。あれは反省してないな。

「ねぇ、吉住。暗黒の塩対応期間ってなに？　私、すごく気になるんだけど。ちなみにその後何を話したのかも聞きたいかも」

「……悪い、二階堂。こればっかりは俺と楓さんの中だけの秘密にさせてくれ」

　あの夜のことは俺達にとって大事な出来事だ。きっと何かあるたびにあの時話したことを思い出すことになるだろう。告白した時とはまた別の意味で忘れられない思い出だ。

「なんだよ、冗談で聞いただけなのに急に真面目な顔しちゃって……吉住のバカ」

「……どうしてそうなる」

　再び拒絶モードに入る二階堂に俺はため息をついた。王子様の機嫌の波が俺には読めません。

「私は先に帰るね。それじゃ、また明日」

　そう言い残して二階堂はさっさと教室から出ていってしまった。

「ごめん、楓ちゃん！　私、急用を思い出したから一旦失礼するね！　私のことは気にしないでヨッシーと先に帰ってて！　シン君はごめんだけど――」

「うん、急用が終わるまで教室で待ってるよ」

「さすがシン君だね！　ありがとう！　ではでは、そういうわけで失礼するよ！」

とぉっと光の国の正義の味方が帰還するかのように大槻さんは教室から出ていった。まるで突発的に発生する竜巻、誰にも止めることのできない自然現象だな。

「それが秋穂のいいところだよ。おかげで僕は一緒にいていつも楽しいからね」

そう言って幸せそうに笑う伸二。これだからバカップルは困る、と思ったがその気持ちはわかる。そして俺も時折あんな顔をしているんだと思う。

「やっと気付いたみたいだね、メオトップル君」

「……黙れ、バカップル君」

今後は人前では気を付けよう。俺はそう心に誓った。まぁ多分無理だけど。

＊＊＊＊＊

私こと大槻秋穂は屋上を目指して階段を上っていた。

これから私がやろうとしていることは多分お節介だと思う。でも友人として、落ち込んでいる姿を見せられて見過ごすわけにはいかない。

二階でもエレベーターを使いたい帰宅部の私にとって屋上までの道のりは非常に長い。

それでもなんとか肩で息をしながら上り切り、無事目当ての人物を見つけることが出来た。

よかった、いなかったらどうしようかと思ったよ。

「哀ちゃん、こんなところでどうしたの？」

「秋穂？　え、どうしてここにキミが？　吉住達と帰ったんじゃなかったの？」

〝吉住〟達か。これはかなりの重症かもしれない。哀ちゃんの中でそれだけヨッシーの存在が大きいって意味だからね。

「いや、私もたまには屋上に来てみようかなって思ってね。あんまり来たことなかったけどたまにはいいね」

「私はよく来るよ。ここに立っていると不思議と気持ちが落ち着くんだよね。空が近いからかな？」

そう言うとニヒルに笑い、ガシャンと音を立ててフェンスに寄り掛かる哀ちゃん。その立ち姿は王子様然としていて様になっている。写真に収めてSNSに投稿したらすごいことになりそう。これだからモデル体形はズルイ。

「それで……どうして秋穂は屋上に来たの？　何かあったの？」

「私が屋上に来た理由はね、哀ちゃんが心配だったからだよ」

「――え？」

私の言葉に呆《ほう》けた顔で答える哀ちゃん。その様子じゃ上手《うま》く誤魔化せたと思っているみたいだね。でも甘いよ、哀ちゃん。

「哀ちゃんは自分のことだから気付いていないと思うけど、教室を出るときの顔がすごく寂しそうだったからね。居ても立っても居られなくなったんだ」

「そんな……私は別に……」

「ほんの一瞬だったし、背を向けていたからヨッシーも気付かなかったと思うよ？　それが見えて、気付いたのはきっと私だけ」

もしもヨッシーが私の位置から哀ちゃんが立ち去るのを見ていたら、きっと気付いていたと思う。そして今の私のように声をかけていたはずだ。同じことをどうして楓ちゃんにしなかったんだとお説教したくなるけど今は脇に置いておこう。

「哀ちゃんはさ……ヨッシーのことが好きなんだよね？」

「――!?」

今度は思い切り目を見開いて驚愕《きょうがく》の表情を浮かべる哀ちゃん。もしかして気付かれていないと思っていたのかな？

「そんなバカな!?　って顔をしているけど見ていればすぐにわかるよ。楓ちゃんとは違うけど、哀ちゃんのヨッシーを見る目は恋する乙女だもん」

「そんな……別に私は吉住をそういう目で見ているわけじゃ……」

プイっと顔を逸らしながら答える哀ちゃん。でも頬が赤くなっているから照れているのがバレバレなんだよね。

「わ、私は別に……好きとかそういうことじゃなくて……ただ吉住と一緒にいる時間が楽しいだけで彼女になりたいとかそういうつもりは……」

「でもでも、ヨッシーと二人で遊びに行けたらなぁとか考えるんじゃないの?」

いじらしいというか頑固というか。そんな哀ちゃんに対して私はちょっと意地悪な質問をしてみた。

「もちろん、そういうことを考えるときはある。一緒に動物園へデートに行って、一人ではしゃぐ私を見て吉住はどんな顔をするだろうとか考えるとすごく楽し――って今のなし! 忘れてくれ!」

うん、まさかここまで簡単に引っかかるとは思わなかったから逆にびっくりだよ。しかも具体的だし。動物園ではしゃぐ哀ちゃんが見たくなったよ。

「うぅ……はめられた……まさか秋穂が誘導尋問を仕掛けてくるなんて……ひどいよ」

がっくりと肩を落とす哀ちゃん。恥ずかしさで顔は火が出るくらいに真っ赤だし、心なしか瞳も潤んでいる。正直に言うとものすごく可愛《かわい》い。いますぐ抱きしめて愛《め》でたいくらいだよ。
でもだからこそわからない。明和台高校の王子様なんて言われているけど哀ちゃんはす
ごく魅力的な女の子だ。運動もできるし頭もいい。おまけにスタイルだって。同性の私も
つい嫉妬しちゃうくらい。私ももう少し身長高かったらなぁ。
「私は逆だよ。私は秋穂みたいな可愛い女の子になりたかった。そうしたらきっと……」
「……ねぇ、哀ちゃん。素朴な疑問なんだけどさ。どうして哀ちゃんとヨッシーはお付き
合いしてないの?」
哀ちゃんとヨッシーはこの一年間同じクラスでしかもずっと隣同士だったとシン君から
聞いている。男女の垣根を越えた親友みたいに仲が良《い》いみたいだけど、どうして彼氏彼女
の関係になってないんだろうか。
「それは……私が自分の抱く気持ちに気付くのが遅くて、しかも一歩を踏み出せなかった
からかな。気が付いたら鳶《とんび》に油あげを攫《さら》われていたたって感じだよ」
物悲しそうな自嘲的な笑みを浮かべる哀ちゃん。
「今までの関係がすごく居心地が良かったんだ。吉住が隣にいて、他愛《たわい》もないことを話し
て、からかい合ったりして笑って。それだけで満足だったから、そんな関係を壊したくな

かったんだ……」

そっか。毎日が楽しかったから哀ちゃんは一歩踏み込めなかったんだね。でも後ろから猛烈な勢いでやって来た楓ちゃんは恐れずに踏み込んだ。いや、実際のところは楓ちゃんもどうしようか悩んでいたけど、それでも彼女はヨッシーの懐《ふところ》深くに飛び込んだ。それが二人の違い。

「一葉さんと一緒にいる吉住はすごく幸せそうで……それを見ているだけ苦しくて……でも隣にいたいって気持ちもあって……」

「フフッ。つまり哀ちゃんはヨッシーのことが大好きってことだね。それこそ胸が張り裂けそうになるくらいに」

「……あぁ、そうだね。私は吉住のことが大好きだよ。でも今のあいつの顔を見ていたら、きっとこの想《おも》いは早く捨てなきゃいけない。そうじゃないと吉住を苦しめることになるかもしれないから……」

顔をゆがめる哀ちゃん。ヨッシーの中では楓ちゃんが一番だ。仮に哀ちゃんが告白したとしてもそれはきっと変わらないと思う。でもヨッシーは優しいから、どう答えたら哀ちゃんが悲しまないかを悩むだろう。誰にも告げず、ただ一人で。そんな姿を見たくないから哀ちゃんは気持ちに蓋をしようとしている。

それはすごく儚《はかな》いけど尊いことだと私は思う。だからこそは私は反論する。

「私はね、哀ちゃん。無理にその気持ちを捨てなくてもいいと思うよ」

「……え？」

「一緒にいるだけでドキドキしたり、気付いたらその人のことばかり考えていた、気付いたら時間が経《た》っているの」

シン君と一緒にいるだけで私の心臓はいつもドキドキのバクバク。今何をしているのかな？　勉強しているのかな？　それとももう寝ちゃった？　なんてことを考えていると何も手につかなくなる。

「哀ちゃんはどう？　ヨッシーのことを考えたら眠れなくなったりしない？　何も手につかないとか、ドキドキしちゃうとかない？」

「それは……時々だけどある……吉住の顔を思い浮かべたら何も手につかなくなる時もある……」

「だから私はね、誰かを好きになるってすごく素敵なことだと思うんだ。自分のことなんかそっちのけで相手のことばかり考えちゃう。普通だとありえないよね。でもそうなっちゃうのが恋なんだよ。無理に抗《あらが》えば抗うほど苦しくなる」

我ながら恥ずかしいけど、恋は盲目って言葉もあるくらいだからね。誰かを想うだけで理性とか常識とか、そういうのでは計り知れないパワーが生まれる。でも同時に辛《つら》く苦しく感じるときもある。それが人を好きになるということだ。

「だからね、哀ちゃん。ヨッシーを好きな気持ちに無理やり蓋をすることはないよ。無理しないで、自然に任せてみたらいいと思う」

「秋穂……」

「もちろん苦しいと思う。辛いと思う。でも時間をかけてゆっくり整理をした方がいいと思う。これから先、ヨッシー以上に好きになる人が現れるかもしれないし、夢中になれるものが出来るかもしれないんだから」

いつかこの時間が哀ちゃんにとっていい思い出となるようにしてほしいと私は思う。悲しいまま終わらせてほしくない。

「そっか……無理に蓋をしなくてもいいのか。でも意外と残酷なことを言うんだね。私にいばらの道を進めってことだろう？　好きな気持ちを抱えたまま過ごせだなんて……ひどいなぁ」

「寂しい時は言ってね？　いつでも話し相手になるし一緒に遊びに行こう！」

「ありがとう、秋穂。でも私にばっかり肩入れしていいの？　秋穂はどっちの味方なの？」

「フッフッフッ。楓ちゃんも哀ちゃんも大切な友達だからね。わたしはどっちの味方でもないよ」

「まったく……摑《つか》みどころがないね、秋穂は」

呆《あき》れ顔で独り呟《つぶや》く哀ちゃん。いやいや。そんなに褒めても何も出ないよ？

「フフッ。このお礼は今度しっかりさせてもらうね。そうだ、一緒に行きたいお店があるんだけどどうかかな？　期間限定ショップなんだけど——」

この後、30分近くにわたって哀ちゃんからカワウソのキャラクターがいかに可愛いかについてのプレゼンを聞かされることになった。

第9話 ● 頑張ったご褒美《ほうび》

I'm gonna live with you not because my parents left me their debt but because I like you

「それでは改めまして！　期末試験、お疲れさまでしたぁ！　かんぱ――い」

グラスを合わせて互いの健闘をたたえ合う。こじゃれたワイングラスに入っているのはオレンジジュースだが。

今回の試験の俺の平均点は過去最高を記録した。正式な順位は通知表を見ないことにはわからないが、おそらくトップ10には入っていると思う。

「勇也《ゆうや》君が頑張った結果です。もっと胸を張ってください」

「ありがとう、楓《かえで》さん。まぐれって言われないためにも来年はもっと頑張るよ」

「そうですね。二年生になったら内容はより深くなって難しくなると思いますが、一緒に頑張りましょうね」

クイッとグラスを傾けて一気に呷《あお》る楓さん。中身はオレンジジュースなのに楓さんの飲み方はものすごく様になっている。ん？　心なしか頬が赤くなっていませんか？

「フフッ。それじゃ、勇也君。夕飯も食べて落ち着いたところで……そろそろ今日のメインに移りましょうか」

ペロリと舌なめずりをしながら艶のある声で楓さんがそう言った。素面《しらふ》のはずなのに目元がトロンとしているのは気のせいか？

「私はこの日を待ちわびていたんです！　勇也君と一緒にお風呂《ふろ》に――ゲフンゲフン。頑張った勇也君にマッサージをしてあげるこの日を！」

「今一緒にお風呂って言ったよね⁉　マッサージじゃなくて実はそっちがメインだったのか⁉」

「ちちち、違いますぅ！　勇也君に特別なマッサージをしてあげることがメインに決まっているじゃないですかぁ！」

顔を逸《そ》らしてひゅーひゅーと口笛を吹いて誤魔化そうとしても無駄だよ、楓さん。というかウソをつくのが下手すぎじゃありませんかね？

「そんなことないです！　心を込めて勇也君にマッサージをしてあげたいんです！　ほら、行きますよ！」

いやいや。ちょっと待ってください、楓さん。今になって冷静に考えてみたんだが、お風呂でマッサージってことは服を脱ぐってことだろう？　さすがにそれは恥ずかしいというか己に固く誓った決意が揺らぎかねないというか。普通に寝室じゃダメ？

「フッフッフッ。真摯な勇也君のことだから、きっとそう言うだろうと私は読んでいました！　安心してください！　この日のためにふさわしい水着を用意しました！　もちろん勇也君の分もあります！」

ドヤっと胸を張る楓さん。おぉ、その手があったか！　でも3月になったとはいえまだ水着シーズンにはほど遠いはずだけど、どこで入手したんだ？

「甘い。甘いですよ、勇也君。確かに今年の夏に勇也君とプールや海に行くための新しい水着はまだ買っていませんが、こういうとき用のものはちゃんと用意があります。これは勇也君も喜ぶこと間違いなしです！」

ほぉ。それはすごい自信だな。一体どんな水着なのだろうか。もしかして去年の夏に着ていた水着とか？　それがどんなものかは知らないけれど、楓さんが着るならどんなものでも可愛《かわい》いのは間違いない！　俺、気になります！

「それは、見てのお・た・の・し・み、です！　さぁ、行きましょう！」

さりげなく楓さんが腕を組んできた。その心意気はまるで魔王城に突入を仕掛ける勇者の様にお風呂場へと俺を導いた。

＊＊＊＊＊

楓さんと一緒にお風呂に入るという事実だけで意識が吹っ飛びそうになるが、唯一の救いは楓さんが水着を着るということだ。

いつかのようにバスタオルで全人類の老若男女《ろうにゃくなんにょ》の視線を虜《とりこ》にして止《や》まない裸身を隠し、それを不意打ちで脱ぎ捨てて密着されて思考回路がショートすることはないはずだ。

加えて、脱衣所で服を脱いでいる俺の足元には楓さんより手渡された紙袋が置いてある。その中にはなんとびっくり！　男物の新品の水着が入っていました。楓さん曰《いわ》く、これを用意したのは宮本《みやもと》さんとのこと。もし混浴することがあれば使ってくださいと宮本さんのメモ紙が同封されていた。

思わぬ餞別《せんべつ》に感謝の気持ちでいっぱいだ。これで俺も楓さんの前で堂々とすることが出来る。デザインも文句ない。ひざ上丈のトランクスタイプ。白地に黒でヤシの木といった夏らしい絵が描かれたシンプルなデザイン。これなら夏にプールや海に行ったときに水陸両用として使えそうだ。

「さすが宮本さん。わかっていらっしゃる。うん、履き心地もいい」

きつすぎず、緩すぎず、最適なフィット感に満足した俺はいざ戦場へと足を踏み入れる。

と言っても楓さんはまだ御着替え中なんだけどね。背中を流しっこする話になっているのでドキドキしながら楓さんの到着を待つ。

「勇也君！　お待たせしましたぁ！」

「いや、全然待ってな……か、楓さん⁉　その格好はなんですか⁉」

何かおかしいですかと言わんばかりに小首をかしげる楓さん。いや、おかしくはない。おかしくはないけど破壊力がやばい。紺単色のぴっちりとしたデザインのため身体《からだ》のラインが否応《いやおう》にもはっきり浮き出るので楓さんの抜群のスタイルがより強調されている。特にたわわな果実がやばい。いくら伸縮性の高い生地でもサイズがあっていないとはち切れるのでは？　さらに燦然《さんぜん》と胸元に輝く『一葉《ひとつば》』の文字が背徳感を醸《かも》し出す。これはもしやあの伝説の――

「フフッ。どうですか、勇也君。中学生の頃に使っていたスクール水着なんですが……似合っていますか？」

少し俯《うつむ》きながら上目遣いで身体をもじもじさせながら尋ねてくる楓さん。え、何この可愛い女の子。今すぐ抱きしめたい。

「それはもう……はい。すごく可愛いです」

中学三年間。毎年のように目にしていたはずのその水着。それに対して当時は思うところはなかったのだが高校に入り、そのありがたみを痛感した。さらにそれを今、目の前で披露しているのが大好きな人ならなおさらだ。心の中で俺は合掌した。

「そう言ってもらえて嬉《うれ》しいです！　勇也君が喜んでくれるかは未知でしたが、宮本さんが『吉住《よしずみ》様は絶対に喜びます。自信を持ってください』と押してくれたんです。感謝しないとですね！」

宮本さん！　あなたって人は変た……、じゃなくてなんて最高なんだ！

「それじゃぁ早速背中を流してあげますね！　椅子に座ってください」

浴室の端に置いてある椅子を楓さんがさっと移動させてくれた。なんだかふわふわした妙な気分で俺は腰掛ける。楓さんは鼻歌を歌いながらシャワーからお湯を出してゆっくりと俺の背中にかけていく。

「お湯加減はどうですか？　熱すぎませんか？」

「うん、大丈夫。ちょうどよくて気持ちいいよ」

「そうですか。それは何よりです。ではでは早速、背中をごしごし洗っていきますね！」

そこは優しく洗ってほしいなぁ、と苦笑いしながらその瞬間をドキドキしながら待つ。

いつも使っているボディソープをタオルに垂らしてしっかりと泡立たせたら俺の身体に優しい手つきで肩から腰にかけて擦《なす》り付けていく。あれ、タオルは使わないの？

「んしょ……んしょ……どうかしましたか？」

「い、いや。何でもないよ。むしろ想像していたのとちょっと違うと言うか……」

「フフッ。わかりました。きっと勇也君ならそう言うと思っていました。もう、見かけによらずむっつりさんですね、勇也君は」

え？　どういうこと？　俺は普通にタオルを使って身体を洗ってくれるものだとばかり思っていたからわざわざ泡を手に取って擦ってくるとは思っていなくて驚いただけだよ？なんでむっつりっていうの？　ねぇ、楓さん。鏡越しで映っているからわかるけど、どうして泡を自分の身体に付けているの？　もしかしてあなた——！

「私の……んぅん……身体を使って勇也君の身体を綺麗《きれい》にしてあ・げ・る。はむ……」

背中から腕を回して密着し、耳元で囁《ささや》き耳たぶを甘噛《あまが》みする。これぞ楓さんの必殺コンボ！　じゃなくて何だよこれは⁉　濡《ぬ》れたことでより身体に吸い付いたスク水と楓さんの天然果実による洗体マッサージとか幸せ過ぎて確かに疲れは吹き飛ぶけど同時に意識も吹き飛びそうだよ！

「んぅ……しょ。んぅ、しょ。勇也くん……気持ちいいですかぁ？」

「う、うん。すごく、気持ちいいよ」

「それは……んっ。良かったです……たくさん、気持ちよくなってくださいね？」

それ以上艶のある声で囁かないでくれ。泡立つ音、楓さんのどこか艶《なま》めかしい息遣い、体温、柔らかさと弾力さを兼ね備えた天然のスポンジの感触。それら全てを俺の身体が敏感に感じ取り、脳内を刺激していく。

「どうしたんですか、勇也君？　ボーとしちゃって可愛いです。このまま……前も洗っていきますね？」

「……え？」

クラクラして思考力が著しく低下している俺はその言葉の意味がわからなかった。楓さんは優しく微笑《ほほえ》むとまだたっぷりと泡が残っているタオルを手に取り、背中に身体をむぎゅっと押し付けたままタオルで俺の胸を洗い始めた。

「ま、前は大丈夫だよ楓さん！　自分で洗えるから！」

「遠慮しなくていいんですよぉ？　私に全部任せてください」

楓さんの色香たっぷりの声音が耳朶《じだ》を打つ。円を描くようにタオルを動かし、俺の胸から へそまでしっかり泡まみれにされていく。一生懸命腕を動かしているので楓さんの吐息もどんどん荒くなっていき艶も増していくし、むにゅっ、むにゅっと弾《はじ》ける双丘の感触に身体から力が抜けいく。

「気持ちいいですかぁ？　それじゃ次は足ですね」

すぅと前に移動して、楓さんは揉《も》むようにして俺の足を泡立つタオルで洗っていく。もし身体を使われていたら間違いなく悲鳴を上げていただろう。膝上までしっかり洗い終えるとシャワーに持ち替えて身体に付いた泡を流していく。汚れだけではない、身体に溜《た》まっているあらゆる毒素が泡と一緒に流れていく至福の時。俺は感嘆のため息をついた。

「どうしましたか？　気持ちよかったですか？　またしてほしいですか？」

「あぁ……すごく気持ちよかったよ。ありがとう、楓さん。これなら毎日でもしてほしいくらいだよ……」

「そうですか。勇也君が望むなら……毎日してあげますよ？」

ふぅぅと甘い吐息を吹きかけられて椅子から飛ぶようにして立ち上がる。え、もしかして毎日してほしいって俺は言ったのか？　無意識って怖い。

「それじゃ勇也君は先にお風呂に浸《つ》かっていてください。私もさっと身体を洗ってから入りますから」

「……ちょっと待って楓さん。それは約束と違うよ？」

今度は楓さんが「え？」と驚く。そんな楓さんの肩を持ってそっと椅子に座らせた。俺の手には先ほどまで使われていたタオル。

「ま、まさか勇也君……私のことを……？」

「ええ、そのまさかですよ、楓さん。今度は俺があなたの背中を流す番です」

さぁ、ここからは俺のステージだ！　もしくは施されたら施し返す、恩返しの精神だ。ただし俺の理性が保つ範囲内だが。

「い、いえ……私は大丈夫ですよ。そんな……恥ずかしいです……」

「ダメです、聞く耳持ちません。いつも俺ばっかりドキドキさせられるのは不公平だ。大人しく座ってください！」

肩を摑《つか》んで強引に椅子に座ってもらう。肩を縮こまらせてもじもじしているスク水姿の楓さんはとても可愛い。数分前の俺の気持ちを是非味わってほしい。

しっかりと泡立たせたボディソープをたっぷりと手に取って楓さんがしてくれたように肩からゆっくりと擦り付けていく。中学指定の水着なのに首筋のラインからぱっくり露出しているのはどうなんだろう。陶器のような綺麗な肌が赤く火照《ほて》っているのは湯気だけのせいではないと思う。

背中をしっかりと泡まみれにした後は腕を洗っていく。適宜泡を補充しながら二の腕から指先まで丁寧に行う。二の腕は適度な肉感で触っていて気持ちよかったが、

「に、二の腕触り過ぎですよぉ……恥ずかしいです」

照れ度120%の可愛《かわい》い声でやめてくれと言われてしまったので白魚のような美しい楓さんの指を一本ずつ丁寧に洗うことにした。

「フフッ。なんだかくすぐったいですね」

それが終われば次は足に移るがこれは非常に強敵だ。何故《なぜ》なら楓さんの生足なのだ。風呂《ふろ》に入っているのだから当然と言えば当然だが、楓さんの足に直《じか》に触るのはこれが初めて。細すぎず太すぎず、まさに黄金比的なバランスを持つ魅惑の両脚。手と同様に足指から攻めていく。

「うん……くすぐったいです……」

くぐもった楓さんの声を聞きながら足裏を洗い終えていざ本命のふくらはぎと太ももの洗浄へ移行する。

まずは足首からふくらはぎにかけてゆっくり揉みほぐすように上下に洗っていく。ふくらはぎは第二の心臓とも言われており、重力で足に溜まった血液を心臓に戻すポンプのような役目を担《にな》っている。だからこそ、ここの筋肉を柔らかくしておくことで血の巡りが良くなり、むくみや冷え性の改善になるのだ。だから決して楓さんのふわっとしたふくらはぎの感触を味わいたくて揉んでいるのではない！　断じて違う！

「んぅん……そうやって揉まれるの……なんだかイタ気持ちぃぃです」

　指先を丸めた猫の手で下から上へ流していく。強く揉みすぎるとただ痛いだけなので反応を見ながら調整する。うん、このくらいなら楓さんも気持ちいいみたいだ。これを30秒ほど行ったら次は太ももだ。

　しかしこれは非常に目のやり場に困る。胸元も胸元ではち切れそうになっているので取扱注意の爆弾だが、太ももはもっちりとした弾力があり触れているだけでドキドキするし、足の付け根周りは触れてはならない禁断の花園だ。

　それはまさに理性を一瞬で消し炭に変える最終魅惑兵器。

　だからこそ俺は自分のことを楓さんの疲れを癒《い》やすマッサージロボットだと言い聞かせて無心で施術をしていく。

　手の形は同じく猫の手。太ももの内側から外側へ動かしながら、上に向けて血流を押し流すように揉んでいく。時間はこちらも30秒。

「んぅ……っあぁ……んぅ。勇也君、上手です。すごく気持ちぃぃ……」

　わざとか⁉　わざとそんな艶めかしい嬌声《きょうせい》を漏らしているのか⁉　心を無にしてマッサージをしている俺の意識を破壊しようとわざとそんな可愛い吐息を漏らしているのか⁉

「勇也君がいけないんですよ？　こんなに気持ちいいマッサージをするですもん。我慢していても声が勝手に漏れちゃうんです……」

落ち着け。落ち着くんだ俺。まずは荒ぶる心臓を抑えるために深呼吸だ。すぅ、はぁ。

よし、もう大丈夫。足のマッサージは終わったから次で最後になるのだが、太もものマッサージがラスボスとするなら今から洗う箇所はそれを凌《しの》ぐ強さを有しているいわば裏ボス。

その場所とはズバリ。楓さんの正面ボディ。男の夢と希望が多分に詰まった天上の果実。スク水という伸縮性の高い生地から溢《あふ》れ出そうになるくらいたわわに成長したそこをこれから洗っていく。

と思ったところで俺は根本的な間違いを犯していることにこの時になって気が付いた。

そうだよ、スク水越しにいくら洗っても意味ないじゃん。

「フフフッ。そうですよね。水着を着ていたら意味ないですよね。なら……んっしょ。これで後ろも前も洗えますよね？」

むしろ洗ってくれますよね？　と言った楓さんの言葉は俺の耳には届かなかった。正確に言えば目の前で起きたことに理解が周回遅れになっている。何故なら――

「改めて、背中を洗ってくれますか？　その後はちゃんと前も……お願いしますね？」

楓さんはスク水を半脱ぎして白磁の肌を露《あら》わにしたのだ。これで背中も前もちゃんと洗えますね！　いや、そうじゃない。俺は恥ずかしくなって思わず目を逸《そ》らした。

ドキ
ドキ
ドキ
ドキ

「どうしたんですか？　私は真心こめて勇也君の背中も胸もしっかり洗ってあげましたよ？　勇也君は私の背中や胸は洗ってくれないんですか？　触りたく……ないんですか？　私は勇也君に触って欲しいです……」

哀愁を帯びた声で訴える楓さん。俺はごくりと生唾を飲み込み、覚悟を決める。幸いなことに正面の鏡は湯気で曇っている。このまま背中越しに洗っていこう。楓さんがそうしてくれたように抱きしめる用に後ろから手を回せば直接目にすることなく洗えるはずだ。

「……わかった。それじゃ……洗っていくね」

泡を手に取り、俺は再び背中を優しく撫《な》でるように擦っていく。生肌は火傷《やけど》しそうなくらい熱を帯びていた。

ひとしきり終わったら、次は肩甲骨《けんこうこつ》を中心とした肩を適度な力で揉んでいく。一日中椅子に座って勉強していたんだ。固く強張《こわば》った筋肉をほぐしていく。

「ゆ、勇也くんって、本当にマッサージが上手ですね……んぅ。すごく気持ちよくて、毎日してほしくなっちゃいます……」

「……風呂場じゃなくて寝る前とかでよければ毎日してあげるよ」

「本当ですか？　ならこの後お願いしてもいいですか？」

「わかった。ならお風呂から出た後でここじゃできない腰とかも揉んであげるね」

ありがとうございます！　と嬉々《きき》とする楓さん。でも明日を迎える前に俺は今日この場を乗り越えなければならない。

「そ、それじゃ楓さん。ま……前も洗っていくね……」

「はい、よろしくお願いします。出来ればその……優しくお願いしますね？」

「わ、わかってる。精一杯優しくするから……」

この会話だけ聞くとなんか大変なことをしているみたいだけど実際はただ楓さんの身体《からだ》を洗うだけだからな⁉　それでも十分大変なことだと伸二《しんじ》のツッコミが聞こえてきそうだ。

泡の補充よし！　行くぞ。これが最後の戦場《洗浄》だ。

ごくりと俺は唾を飲み込みながら、この難攻不落の楓城をどうやって攻略するか必死に考えた。接触回数を減らして身体を洗うという使命を果たすにはどうしたらいいか。どこぞのコーディネーターのように頭をフル回転させて最適解を導き出す。よし、これでいこう。

努めて冷静に。まずはおへそを中心としたお腹周《なか》りから。腰から腕を回してゆっくりと円を描くように摩《さす》りながら洗っていく。

こうして触れてみて改めてわかるが、楓さんの身体には油断というものは存在しない。柔らかくしなやかな弾力性。お腹に頭を乗せてスリスリしたくなる。絶対に気持ちいいはずだ。

おへそ周りが終わり、続いてあん摩するのはわき腹。だがそこに触れた瞬間、楓さんの口から苦悶《くもん》の声が漏れる。

「ゆ、勇也くん！　わ、わき腹はさっとで大丈夫ですから！　そんな丁寧にやらなくて大丈夫ですから！」

ひゃう！　と可愛い声を出す楓さん。なるほど。だいたい分かった。

「ゆうひゃくん⁉　だ、ダメです！　わき腹は……ひゃう！　よ、弱いんでし勇也、やめてくらひゃい！」

笑いながら身体をくねくねさせる楓さん。予想通り、楓さんのウィークポイントはわき腹のようだ。俺はその反応があまりにも可愛いのでついつい意地悪してしまった。ツンツンしたりこしょこしょした。そのたびに楓さんが艶《なま》めかしい声を上げる。ヤバイ、癖になりそう。

「ゆ、勇也くん！　いい加減にしてください！　お、怒り……ひゃぁん！　怒りますよ⁉　いいんですか⁉」

「えーーー？　怒って何をするんですか？　俺のこともくすぐりますか？　でも残念。俺はわき腹強いのでくすぐりには負けませんよ？」

「違います！　くすぐったりはしません！　その代わりにこうします！」

何をするのかと俺が問いかけるより先に楓さんは振り向いて抱き着いてきた。むにゅうとしてもっちりとした極上のクッションの感触がダイレクトに伝わってくる。情報量が多すぎて俺の脳はヒート寸前だ。

「勇也君が悪いんです。やめてくださいって言ったのにくすぐるから……」

「わかった。調子に乗った俺が悪かった。謝るからまずはいったん離れよう？　ね？」

「嫌です！　離れたらまた勇也君はくすぐってきますもん！」

「くすぐらない！　くすぐらないって約束するから離れてくれ！」

「嫌です。勇也君とぎゅってしたいです。それに離れても勇也君はちゃんと私の身体を全部洗ってくれないです。だから……」

楓さんは抱き着いたまま身体を捻《ひね》ってボディソープを手に取った。一体何をしようというのだろう。そう思っているとおもむろにフタをくるくる回して開けるとそのままタラリと胸の隙間に垂らそうとする。

「楓さん！！？？　それはダメだよ！　いや、この状況そのものがもう色々ダメだけどそれは本当にまずい！」

「どうしてですか？　これを垂らして擦れば泡立ちますし綺麗《きれい》になると思うんですけど

「……？」

「ダメ！　絶対にダメ！　楓さんが動かなくても俺がちゃんと洗ってあげるから！」

俺は楓さんを引き剝がすと同時にくるりと回転させて椅子に座らせる。そして基本武装であり最終兵器でもあるタオルにボディソープを供給して泡を再生成。俺はそれを広げて楓さんの二つのメロンの上に覆いかぶせる。その後は痛くならないように優しく左右に擦って洗い上げるだけの簡単なお仕事だ。下も同じように洗っていく。

ハハハ！　余裕じゃないか！　これで直接触れることなく楓さんの身体を洗うことが出来る。それなのにフグみたく口を膨らませて抗議の視線を向けるのは何故《なぜ》ですか、楓さん。

俺、何か悪いことしちゃいましたか？

「……勇也君のいけず。意気地なし。鳥さん」

おかしい。しっかり身体を洗って差し上げたのに何故俺は楓さんに罵倒されているのだろうか。解《げ》せぬ。

「はい、これで終わり。シャワーで泡を流すから最後までじっとしていてくださいね」

とは言えこれで魔王討伐は完了だ。

背中からお湯をかけていき泡を流していく。はぁう、という何とも言えない蕩《とろ》けた声を出す楓さん。それはきっと俺も感じた言葉に出来ない幸福を感じて自然と漏れ出たものだろう。

しっかりと身体全体を洗い終えて、これでようやく湯船に浸《つ》かれる。だがその前にしてもらわねばならないことがある。

「楓さん、ちゃんと水着直してね？」

さすがにスク水をはだけさせた女神の半裸状態の楓さんと一緒に湯船に浸かるのは御免こうむりたい。何故かはあえて口にしなくてもわかるだろう。もう色んな所が限界なんだ。言わせないでくれ。

「…………わ、わかってますよ？　着なおしますので少し待っていてください」

楓さん、その間はなんですかね。あと口笛を吹きながら着なおしているってことはあなたもしかして指摘しなかったらそのまま入ってくるつもりでしたね⁉　そうなんですね⁉

「そ、そんなことあるわけないじゃないですかぁ。グヘヘ」

「……棒読みでの回答ありがとうございます」

俺は呆《あき》れ混じりのため息をつきながら湯船に身体を沈めて思い切り足を伸ばした。あぁ、一日の疲れが抜けていくこの瞬間は堪《たま》らないな。

「それじゃ、私も失礼しますね。よいっしょっと」

ちゃんとスク水を着た楓さんも湯船に腰を静かに落とした。ザブン、と勢いよくお湯が流れ出る。だがそんなことはどうでもいい。問題は——

「ね、ねぇ……楓さん？　大きいお風呂《ふろ》なのにどうしてここに来たのかな？」

楓さんが強引に俺の足を広げてその間に座ったことだ。広い浴槽なんだから対面に座れば足も伸ばせるのにどうしてわざわざ狭い所に来るんだよ⁉

「それはもちろん、勇也君に後ろから抱きしめて貰《もら》いたいからですよ？　いけませんか？」

「あ、いやそれは別にいけなくはないけど……でもこれだと疲れがとれないと思うというか……」

「私は勇也君にぎゅってされながらお風呂に入れたらとっても幸せなんですぅ。ぎゅってしてくれたらもっと幸せになりますぅ」

言いながら猫が甘えるように俺の鎖骨付近に頬ずりしてくる楓さん。その瞳は期待と懇願で潤んでいる。こんな目をされたら抱きしめたくなるじゃないか。

「フフッ。嬉《うれ》しい。ありがとうございます、勇也君」

楓さんは力を抜いて身体を俺に委ねてきた。信頼されていることが実感できてすごく嬉しい。腰に回した腕に力を込めてしっかりと楓さんを抱きしめながら至福の時間が静かに流れていく。

理性は絶滅危惧種となるが、たまにはこういうのも悪くない。

「えへへ。こんな幸せな気持ちになれるなら、毎日一緒にお風呂に入りたいです。今度はどんな水着がいいですか？　あ、もちろんなにも着ないという選択肢もありますよ？」

「いや、毎日はちょっと……色々俺も我慢が出来なくなるというかなんというか……」

「ダメですか？　私は別にかまいませんよ？　今もその……勇也君のがあたｘｔ――」

「だぁぁぁぁっぁぁぁぁぁ！！？？？　言わせるかぁぁぁぁぁぁぁ‼　というかごめんなさぁぁぁあぁあい‼」

楓さんが耳元で照れながら囁《ささや》くのを俺は絶叫することでストップさせる。そして勢いそのままに引っ付いている楓さんを剝がしてくるりと回転させながら対面へと追いやり、俺は風呂場からとんずらした。こんなの興奮しないほうがおかしいんだよ！

＊＊＊＊

「勇也君、そんなに落ち込まないでくださいよぉ」

しくしくと心の中で号泣しながらベッドの端で体育座りをしている俺を慰めるように後ろから抱き着いてくる楓さん。

「無理……恥ずかしくてもうお嫁にいけない……」

楓さんのスク水マッサージを堪能《たんのう》して、俺も楓さんの背中を流して、一緒に湯船につかって抱きしめるところまではよかったが、そこで理性君が限界を迎えてしまった。もう死にたい。

「男の子なんですから普通ですよ。むしろ安心しました。反応してくれないほうが私としても困ります」

好きな人と身体を洗いっこしたり、一緒に湯船に浸かったりして、何も反応しない男がいれば是非お目にかかりたいものだ。

「それに、勇也君はすでに私のお嫁さん決定ですから安心してください。勇也君の蕩けた顔……すごく可愛《かわい》かったですよ」

ふぅと吐息を吹きかけてくる楓さんの声は同級生とは思えないくらい大人びていて艶があった。俺はドキッとして身体を震わせた。

「か、楓さん……ゾクゾクするから……やめて……」

「フフッ。勇也君は耳が弱いですよね。すごく可愛いです。もっと虐《いじ》めたくなっちゃいます」

　ふぅぅと先ほどより優しい吐息が耳に注がれて身も心も震えが止まらなくなる。さらに楓さんは耳たぶをはむはむと甘噛《あまが》みしてきた。唇の柔らかさとわずかに当たる歯の感触が何とも言えない心地よさを与えてくる。

「どうしたの、楓さん……？　なんか……変だよ？」

「勇也くんが悪いんですよ？　はぁむ……可愛い蕩け顔で甘い声を出すから……私の中の狼《おおかみ》さんが目覚めちゃいました」

　なんて言いながらも楓さんは俺からそっと離れた。恐る恐る振り向くと、彼女の顔は燃えるように真っ赤になっていた。恥ずかしいなら無理してすることないのに。

「いいじゃないですか。私だって勇也君をからかいたい時があるんです！　勇也君にはいつもいつもドキドキさせられるのでその仕返しです！」

　頬を膨らませながら主張する楓さん。いや、それは言いがかりだ。前回といい今日の混浴といい、楓さんのサプライズに俺の心臓は停止寸前。さらに甘噛みまで仕掛けてくるのはとどめを刺しにきているとしか思えない。

「狼さんになった私にかかれば勇也君は一口でパクリです！　いずれ来るその時を楽しみにしていてくださいね」

その不敵な笑みが意味するところは一体何か。それにいずれ来るその時とは。うん、考えないようにしよう。

「それはさておいて。勇也君、先ほど約束した腰のマッサージをお願いしたいんですけどよろしいですか？」

「うん、いいよ。試験疲れもあるだろうから揉《も》んであげるよ。うつぶせになってくれる？」

わぁい！　と嬉しそうに言うと楓さんはぽすっと勢いをつけてベッドに横になった。それだと首が辛《つら》いだろうから楓さんがいつも使っている枕を渡そうとしたのだが、

「勇也君の枕がいいです！・勇也君の枕を所望します！」

バタバタと手足を動かす楓さん。今日は甘えん坊になったり妖艶《ようえん》な美女になったり駄々っ子になったり忙しいな。でもそれらすべてが可愛くて愛おしいと思ってしまう俺は楓さん中毒になっているのかもしれないな。

「はい、それじゃ俺の枕に頭を載せてね。身体《からだ》の力を抜いてリラックスしてね」

「はぁ……勇也君の匂い……落ち着きますぅ」

楓さん、枕に顔を埋めるのは構わないけどクンカクンカはしないで欲しいかな。その枕、俺が今夜寝るとき使うんだから。

心の中で苦笑しながら、俺は楓さんの足の付け根辺りに腰を下ろして、背骨に沿って手のひらでゆっくりと円を描きながら優しく揉んでいく。それが済んだら肩甲骨《けんこうこつ》周りの筋肉を揉んでいく。

「あぁっ、そこ……そこ、気持ちいいです。もっと……もっとしてください」

時折楓さんに痛くないかを確認しながら揉みほぐしていく。だが楓さんの身体は揉むほど筋肉に強張《こわば》りは見られない。クソッタレな父さんやタカさんとは大違いだ。あの人たちの背中はいくら揉んでもがちがちだったからな。

「勇也君。腰のコリには尻を揉めとサッカーの解説者さんがＣＭで言っているのを聞いたことがあるんですか本当ですか？」

「あぁ、本当だよ。お尻にある梨状筋ってところが強張ると、その筋肉と連動している腰の筋肉も固くなるんだって俺も聞いたことがある」

まぁこの話もクソッタレな父さんが整体に行ったときにぼんやりした頭で聞いたという話だから正しいかどうかはわからない。

「そう……なんですね。んぅ。上手ですね、勇也君。気持ちいいです。なら……その梨状筋も揉んでくれませんか？」

「楓さんの身体は全然凝っていないんだけど……わかった。そこも揉んであげるね」

「そうですよね、ダメで――えぇ？　揉んでくれるんですか!?」

　何を驚いているんだよ、楓さん。これはれっきとしたマッサージだよ？　しかもお風呂でふくらはぎとか太ももを揉んだ時と違って今のあなたはちゃんとパジャマを着ていらっしゃる。ドキドキはするが取り乱すことはない。

「ほら、お尻に力入ってるよ。リラックスして？」

「は、はひ……」

「大丈夫、優しくするからね」

　俺はわざと身体を倒して楓さんの耳元で囁いてからなんちゃって施術を再開した。楓さんは声にならない悲鳴を上げて枕に顔を突っ伏した。耳が紅葉しているから恥ずかしがっているのが丸わかりだ。

　クビレのある腰に対して桃のような楓さんのお尻は案の定ただただ柔らかいだけで凝りなど一切ない。手のひらでほぐしていても反発ですぐ返ってくる弾力、それでいて沈み込むような柔らかさ。マッサージしているこちらが高揚しそうになる。

「んぅ……勇也君の手、すごく温かくて気持ちいぃ……」

　うん。長時間は危険だな。お尻を揉むだけなら大丈夫だがそこに楓さんの艶《なま》めかしい声が合わさったら理性が吹き飛びかねない。

「はい！　マッサージ終わり！　楓さんの身体はどこも異常がありません！」

俺は楓さんの横に移動して頭をぽんぽんと撫《な》でた。しかし当の本人はどこか不満そうだ。もっとお尻のマッサージをしてほしかったとか？　いや違うな。ふくらはぎのマッサージが無かったことが不満なんだ。きっとそうだ。そうに違いない。

「……確かに今日は虐めすぎてしまったのでこれくらいにしておいてあげます」

助かった。もしこれ以上なにか要求されたら土下座でもして謝るしか俺に残された手段はなかった。楓さんは身体を起こして伸びをしたり肩をグルグル回したりして調子を無言で確かめている。この静寂は辛かったが、それを突き破る歓声を楓さんが発した。

「ゆ、勇也君！　すごいです！　身体軽くなりました！　なんとなく重かった肩がとっても楽です！」

「そう！　ならよかった。マッサージした甲斐《かい》があったよ」

えへへ、といつもの向日葵《ひまわり》のような明るい笑顔を向けてくれた。うん、妖艶な楓さんもゾクゾクして魅力的だけど、やっぱり俺は天真爛漫《てんしんらんまん》な楓さんの方が好きだな。愛《め》でたくなる。

「さてと。勇也君のマッサージも終わったところでそろそろ寝ましょうか。日付も変わるいい時間です」

布団《ふとん》に入って横になり、ポンポンと早く隣に来てくださいと催促してくる楓さん。これは間違いなく一晩中抱き枕にされるな。

「勇也君が私を抱き枕にしてくれてもいいんですよ？　もちろん私は大歓迎です！　むしろしてください！」

「うん、今日のところは丁重にお断りさせていただきます」

どうしてですかぁ⁉　と嘆きながら腰に抱き着いてくる楓さん。楓さんを抱き枕にしたらドキドキしっぱなしで眠れなくなるからです。

第10話・梨香ちゃん、襲来

I'm gonna live with you not because my parents left me their debt but because I like you

『もしもし　勇也《ゆうや》。俺だ、俺。今大丈夫か？』

「オレオレ詐欺ですね。警察に電話します」

ある日の夜。風呂《ふろ》から上がって髪を拭いていたらタカさんから電話がかかってきた。ちなみに俺と入れ違いで楓《かえで》さんが現在入浴中。毎日混浴はしていないぞ⁉

『おいコラ！　それはシャレにならないからやめろ！　つか登録してんだから俺だってことはすぐわかるだろうが！』

「やだなぁ、タカさん。冗談だよ。いつもの挨拶じゃないか。それで、こんな時間に何の用？」

時刻は現在22時過ぎ。親しい人であっても電話をするには少々遅い時刻だ。メッセージで済ますのではなく直接話をしなければいけないほどの内容なのだろうか。

『あぁ……急で悪いんだけどな。明日からの三日間、梨香《りか》を預かってくれねぇか？　あれだ、年に一度の大事な日なんだ。わかるだろう？』

「そう言えば、明日はタカさんと春美《はるみ》さんの結婚記念日か。この日だけは二人きりで旅行に行くんだよね」

タカさんと春美さんは一人娘の梨香ちゃんを溺愛している。特にタカさんは目に入れても痛くないと豪語するくらいの親バカぶり。そんな二人だが唯一の例外として結婚記念日だけは夫婦水入らずの時間を過ごしている。これは今に始まったことではなく、結婚してからずっとだ。

「あれ。でもいつも梨香ちゃんは春美さんの実家に預けるんじゃなかった？」

『それがよぉ！　この前勇也と一緒にいる時間が短かったせいで梨香が「勇也お兄ちゃんの家に泊まりたい！」って言って聞かなくてよ。俺としてはぁ？　大事な梨香を男の家に預けたくはないんだが梨香は泣き出すし、春美は「勇也君なら安心よ」って言うからぁ？こうして仕方なくお願いの電話をしているんだよ』

愛する一人娘の可愛《かわい》いお願いをパパとして叶《かな》えてあげたいが、このわがままを叶えていいのかタカさんなりに葛藤しているようだ。大事な梨香ちゃんを俺に獲《と》られるとでも思っているのだろうか。俺は楓さん一筋だぞ。なんてことを言えばまたややこしいことになるから言わないが。

それにしても口調がお願いにしては嫌々な感じがひしひしと伝わってくるのだが。

『というかすでに梨香の中ではお前の家に泊まりに行くのが確定になっているんだわ。事後連絡になって悪いがなんとか引き受けてくれねぇか？』

「ん……俺としては別にいいんだけど、楓さんが何て言うかだな。俺の独断では決められないよ」

俺がよくても楓さんが嫌ならタカさんにも梨香ちゃんにも申し訳ないがこの話を引き受けることはできない。何故《なぜ》ならここは俺達の家だからだ。

『そうか……今は一葉《ひとつば》の娘と一緒に暮らしているんだったな。なぁ、その嬢ちゃんを説得してくれねぇか？　明日の朝一で大泣きする梨香を見たくねぇんだよ。頼むぜ、勇也』

「まったく……そういう大事なことはもっと早く言ってくれよな、タカさん。ちょっと待ってて。今聞いて来るから」

俺は一度通話を保留にして風呂場へ向かう。脱衣所に入り、浴室の扉を開けることなく中にいる楓さんに声をかける。

「楓さん！　少しいいかな！」

「なぁんですか？　あっ！　勇也君、もしかして覗《のぞ》きに来たんですか？　そういうことなら大歓迎ですよ！　一緒に裸のお付き合いをしましょう！」

バシャン、と水が跳ねる音がして一糸まとわぬ姿の楓さん――曇りガラスではっきりとは見えない――が湯船から出て来て扉を開けようとするので俺はそれを外側から全力で阻止する。

「あれ？　扉が開きません。これじゃあ勇也君をお迎えできないです！」

「違うから！　別に覗きに来たわけでも裸の付き合いをしに来たわけでもないから！　ただ楓さんに聞きたいことがあっただけだから！」

「――？　私に聞きたいこと？　なんですか？」

「今夕カさんから電話がかかって来てさ。年に一度の夫婦水入らずの結婚記念日の旅行に行くんで娘を預かって欲しいんだって。いつもなら奥さんの実家に預けているんだけど娘の梨香ちゃんが俺の家に泊まりたいって言い出したみたいでさ。それで急な話なんだけど明日からの三日間だけ家で預かって欲しいんだって……どうかな？」

俺はありのままを話すとガチャガチャと扉をこじ開けようとする楓さんの動きがピタッと止まり大人しくなった。

「ねぇ、勇也君。その大道《おおみち》さんの娘の梨香ちゃん、でしたか？　その子は今おいくつですか？」

突然真面目な声で楓さんが尋ねてきた。小学一年生だよ、と伝えると楓さんは「そうですか」と一言返すと何やらぶつぶつと呟《つぶや》き出した。

「小学一年生ということは6歳ですか。勇也君との間に子供が出来た時のための予行演習が出来そうです。しかし問題は勇也君の家に泊まりたいという発言の真意ですね。6歳といえども女の子。恐らく将来の夢は勇也君のお嫁さんでしょう。むむむ。これは負けられませんね。勇也君のお嫁さんは私です」

なんか色々おかしなことを呟かれていますが大丈夫ですかね、楓さん。将来のための予行演習ってなんだよ。あと梨香ちゃんの真意って深読みしすぎじゃないか？　というか梨香ちゃんと戦う気なの？

「……わかりました。諸々《もろもろ》熟慮した結果、お引き受けします」

沈黙の末、楓さんは梨香ちゃんを預かることに賛成してくれた。だんまりが意味するところが気にならないわけではないがひとまずは良かったと思うことにしよう。

俺は風呂場を後にしてタカさんに了承を貰《もら》えたことを伝えると盛大に安堵《あんど》のため息をついた。まぁもし楓さんにダメって言われてたら俺も断らざるを得ないし、そうすれば梨香ちゃんが翌朝泣くのは目に見えているからな。

『助かるぜ、勇也。これで梨香の涙を見ずに済むし安心して旅行を楽しむことが出来るぜ！　この恩は必ず返すからな！』

「大袈裟《おおげさ》だよ、タカさん。気にしないで」

その後、雑談をまじえながら送り迎えの段取りの話をしてタカさんとの通話は終了した。

何だかんだと長電話になってしまったので終わった頃には楓さんも風呂から上がって寝る準備が整っていた。

「……勇也君。ハグしてください」

あれ、なんか拗《す》ねていらっしゃる？

＊＊＊＊

タカさんから一人娘の梨香ちゃんを預かって欲しいという電話を終えて寝室に向かうと、拗ねたご様子の楓さんが待ち構えていた。

「……勇也君。ハグしてください」

楓さんはそれだけ言うと口をわずかに尖《とが》らせて前ならえをするように両手を突き出してきた。

「ごめんね、待たせちゃって。早く寝ようか？」

「勇也君、ハグ。ハグをハリーアップでください。As soon as possible です」

可及的速やかにハグをしてくださいってことか。これはあれだ、拗ねモードと甘えモードが混ざっているハイブリッド状態だ。

「まったく。この甘えん坊さんはしょうがないんだから……」

そうは言うものの俺は自分の口元が緩んでいることを自覚している。だって何も言わず、口を尖らせ、ベッドの上でぺたん座りをしてハグを求める楓さんはどうだ？　すごく可愛いと思わないか？　思うだろう。

「……勇也君のお嫁さんの座は誰にも譲りませんから」

ぎゅっと抱きしめると、楓さんが宣戦布告のように呟いた。その相手はもしかしなくても小学一年生の梨香ちゃんに対してだと思うと俺は思わず笑ってしまった。

「なっ⁉　どうして笑うんですか⁉　私は真剣なんです！　いくら相手が子供だからといって油断はできません！　ライオンはウサギを狩るときでも全力なのです！」

がおぉー！　と言いながら俺の首筋に噛《か》みつく楓さん。痛みと快感のバランスが絶妙な甘噛みはやがてはむはむと吸い付き始め、私のモノだというマーキングへと変わっていく。くすぐったくもあり、心地よくもある不思議な感覚だ。

「はむぅ……ゆうやくんは私の旦那さんです。誰にも……渡しません。これは……んぅ。そのためのキスマークです」

え？　これってキスマークを付けるためにやっているの？　俺がその事実に気がついた時には時すでに遅く。楓さんは首筋から艶美《えんび》な透明な糸を垂らしながら唇を離し、その痕を満足そうに眺めた。

「フフッ。勇也君へのマーキングはこれで完璧です。誰が勇也君のお嫁さんか一目でわかりますね」

そうしてまた、自分で付けた痕を愛おしそうにぺろりと舐《な》める楓さん。そんな風にされたら俺だって楓さんにマーキングをしたくなるじゃないか。

楓さんの首筋に鼻先を当てながら匂いを堪能《たんのう》する。柑橘《かんきつ》系の爽やかな香りが鼻孔から身体《からだ》全体に染み渡る。舌をわずかに出して白磁の肌を濡《ぬ》らしながらマーキングポイントを探していく。首筋はさすがに露骨か。となると最適なのは――

「んぅ……ゆ、ゆうやくん？　どうしたんですか？　ひゃぅぅ……く、くすぐったいですよぉ」

舌を這《は》わされる感触に身体をくねらせる楓さん。上目で確認すると頬が紅潮し始めている。

「俺だって……楓さんは俺の大事な人だっていうのをマーキングしたいんだよ。させてくれるよね？」

答えは聞いてない。そのまま楓さんの鎖骨付近に到達する。パジャマから覗くデコルテゾーンが醸《かも》し出す色香は尋常じゃない。露《あら》わになっている肌と見えそうで見えない胸元が織りなすデュエットは思春期男子の欲望を駆り立てるには十分な攻撃力を有している。

「っんんぅ……ゆうやくん……そこに、キスマークをつけるんですか？　は、恥ずかしい……です」

恥ずかしいのか、声にも艶が出始める楓さん。視線を下にずらせばたわわに実った魅惑の果実の上面が目に飛び込んでくるのでそこは全ての理性を総動員して覗かないようにして、俺は楓さんのデコルテにキスをした。

「あぅ……ゆうや、くん……舐めないでっ……くすぐったい」

口づけし、舌で鎖骨周辺をゆっくり丁寧に舐めまわす。楓さんの身体がぷるぷると小刻みに震え、首筋からこの鎖骨にかけて紅葉が広がっていく。頰を朱に染めながら声が漏れないように指を噛んでいる姿がむしろ艶《なま》めかしい。俺の中の嗜虐《しぎゃく》心という名の狼《おおかみ》が心底から顔をのぞかせる。

「んぅっ……！　だめっ、吸っちゃ……やぁ……」

楓さんの身体に俺のモノだと証明する痕跡をつけるためには舐めたりしているだけではダメだ。歯形をつけるのもいいがそれだと痛い思いをさせてしまう。なら俺がとれる手段は楓さんがしたように力強く吸い上げることだけ。

「んぅ……勇也君……もっと……」

蕩《とろ》けるような甘い声で俺の名前を呼びながら俺の頭を両手でぎゅうと抱え込む楓さん。それに答えるように俺は思い切り鎖骨を吸い上げた。声にならない嬌声《きょうせい》が楓さんの口から漏れるのと同時に俺は口を離した。見事に真っ赤な痕が付いていた。

「はぁ……勇也君にマーキングされちゃいましたぁ……ウフフ。幸せです」

赤い痕を愛おしそうに触りながらうっとりした淫《みだ》らな表情を浮かべる楓さん。不覚にもその顔に俺はドキリとして唾を飲み込んだ。そんな顔も出来るのか。

「あぁ……勇也君のお顔、真っ赤です。すごく可愛《かわい》い……ダメですよ、勇也君。そんな顔をしたら―――」

俺にぴっとりとしな垂《だ》れかかり楓さんは熱い吐息を吐き出しながら耳元で囁《ささや》いた。

「―――もっとあなたに私を刻み込みたくなっちゃいます。いいですよね？」

「か、楓さん？　―――っんぅ⁉」

かぷりっ。楓さんはつい先ほど自分が付けた首筋に今度はキスをするのではなく綺麗《きれい》な歯を突き立てた。

「勇也君は……私のモノです」

聞いたことのない妖艶な声音で宣言し、楓さんは首筋を甘く噛む。ほんの少しの痛みとそれを塗りつぶす快感が愛情となって俺の身体を駆け巡る。自然と俺の口から漏れる息に熱が帯びる。ヤバい。すごく良《い》い。思わず俺は楓さんを強く抱きしめた。

楓さんが口を離し、十分すぎるほどに付いた首筋の痕を最後にペロリと舐めあげて、初めてのマーキングタイムは終了した。

「はぁふぅ……勇也君にマーキングしてマーキングされちゃいました。これで梨香ちゃんが来ても大人な対応が出来そうです」

くれぐれも小学一年生の女の子の前で暴走しないでくださいね？　お願いしますよ？

＊＊＊＊

「ほんと、ごめんね。勇也君。梨香のわがまま聞いてもらっちゃって」

「梨香のこと、くれぐれも頼んだぞ、勇也」

朝一番で梨香ちゃんを連れてタカさんと春美さんがやって来た。飛行機までの時間がないので一階のエントランスで出迎えた。

「勇也お兄ちゃんのお家《うち》でお泊りだぁ！　えへへ、たくさん遊ぼうね、勇也お兄ちゃん！」

向日葵《ひまわり》のような笑顔で俺に抱き着いてきた梨香ちゃん。可愛いなぁと心中で呟きながら頭を撫《な》でる。するとどうでしょう。俺の背中に突き刺さる絶対零度の視線と底冷えする唸《うな》り声が聞こえてくるではありませんか。

「勇也、この中に梨香の着替えとか色々入っているから預ける。今日から三日間、よろしくな、勇也。一葉の嬢ちゃん。あと何かあったら俺か春美の携帯にすぐに電話してこい」

タカさんからキャリーバッグを受け取る。洋服一式が入っているにしてはずっしりと重みがあった。

「あなたが一葉楓さんね。勇也君から話は聞いていたけど、ものすごく可愛いから惚《ほ》れ惚《ぼ》れしちゃうわ。勇也君とのラブラブ生活を邪魔して申し訳ないけど娘をよろしくお願いしますね」

春美さんが丁寧にお辞儀をすると、後ろに立っていた楓さんが慌てた様子で「こちらこそ」と言ってお辞儀を返した。

「それはそうと、楓さん。勇也君からのプレゼントは使ってる？」

「はい！　お風呂《ふろ》に入るときと寝るとき以外はずっと着けています。私の宝物です」

「フフッ。ならよかったわ。勇也君、あなたに喜んでほしくてものすごく真剣に悩んでいたから」

何を言い出すんですか春美さん。恥ずかしいからやめてください。

「いい、梨香。家でも言ったけど勇也君と楓さんに迷惑をかけたらダメよ？　もちろんわがままもダメだからね？」

「わかってるよ！　勇也お兄ちゃんの言うことをちゃんと聞いていい子にしてるもん！」

俺の腰にぎゅっとしがみつきながら梨香ちゃんは宣言するが、春美さんはとても心配そうにしている。タカさんはというと離れ離れになるのが寂しいのか泣きそうになっている。それなら梨香ちゃんも連れて行けばいいだろうに。

「ん……心配だわぁ。楓さん。もし梨香が悪さしたら叱ってね。この子、勇也君のことになると見境なくなるから」

「大丈夫です。梨香ちゃんが可愛くても私は勇也君を信じていますから！」

おかしい。春美さんの発言に対する楓さんの返答が絶妙にずれている気がする。けれどそれを聞いた梨香ちゃんの視線が鋭くなる。そして気付けば二人はにらみ合っていた。

「あぁ……勇也。色々大変だと思うがよろしく頼むな」

「う、うん。タカさん達も気を付けて。旅行、楽しんできてね」

二人が乗ったタクシーが見えなくなるまで見送ってから、俺達は梨香ちゃんを連れて部屋へと戻った。

タカさんから預かった荷物をとりあえずリビングまで運ぶ。荷解《にほど》きは後でいいかと思ってソファに座って一息つくと、すかさず梨香ちゃんはカバンの中からあるものを取り出して俺の膝の上に飛び乗ってきた。

「勇也お兄ちゃん！　ゲームしようよ！　この前の続きしよ！」

なんと梨香ちゃんは自宅から俺がタカさんをボコボコにしたあの吹っ飛ばしゲームのソフトを持参してきていた。カバンを覗《のぞ》いて見ると専用のコントローラーまであった。なるほど、重さの正体はこれだったのか。

「……なるほど。つまりこの対戦で勝ったほうが勇也君の膝の上に座る権利を得ることが出来るというわけですね。わかりやすくていいですね」

いつの間にか俺の背後に立っていた楓さんが静かな声でそう言った。え？　俺の膝の上に座る権利？　そんな権利は誰にもありませんよ？

「手加減しませんからね。覚悟してくださいね、梨香ちゃん！」

「楓お姉ちゃんこそ、私の本気をみて泣かないでね！」

俺の意思を確認することなく、火花を散らす二人。バチバチとにらみ合う女子高生と女子小学生をしり目に俺はいそいそとゲームを起動させる。

「フフッ。勇也君に鍛えられた私の実力を見せてあげますよ！」

「ふん！　パパを相手にコンボを練習した私に勝てると思わないでよね！」

二人が選んだのはどちらもスピード重視のキャラクター。高速で移動して回避しながら隙をついて一撃を与えていく戦闘スタイル。目まぐるしい攻防の入れ替わりを制するのは楓さんか、それとも梨香ちゃんか。楽しみな一戦だ。


対戦開始から数分後。


「っくぅ！　さすが梨香ちゃん……上手《うま》くかわしますね！　私のテクニックが通用しないなんて！」

「楓お姉ちゃんこそ、本当にブランクがあるの!?　うぅ……倒せない！」

なんだろう。俺の膝の上を賭けるというアホな理由から始まった対戦だが物凄《ものすご》く白熱している上にお互いをライバルと認めているような節さえある。いいなぁ。俺もやりたくなってきたんだが。コントローラー準備するか。

「よし……これで──！　やったぁ！　勇也君！　勝ちましたぁ!!」

「あぁぁああぁぁあ──!!」

楓さんは両手を上げて勝利の咆哮《ほうこう》を上げて俺に抱き着き、梨香ちゃんはまさかの敗北にソファから転げ落ちた。ほんと、梨香ちゃんのリアクションを見ていると将来が不安になって来る。芸人さんでも目指すのか？

「へっへっへ。これで勇也君の膝の上は私のものです。ねぇ、勇也君。いつもみたいに後ろからぎゅぅーーーってしてください。激闘を制した勝者へのご褒美《ほうび》です！」

「ず、ずるいよ、楓お姉ちゃん!!　膝の上だけじゃなくてぎゅぅってしてもらうなんてぇ!!」

これが勝者の特権です、と胸を張って俺のハグを催促する楓さん。うん、確かにこれは大人げないよな。ならここは梨香ちゃんへリベンジのチャンスをお兄ちゃんがあげようじゃないか。

「え、あれ？　ぎゅぅってしてくれるのは嬉《うれ》しいですけど、どうしてキャラクター選択画面に戻っているんですか？　ってあれ、キャラは超重量系？　って私が操作するんですか⁉　私この子使ったことないですよぉ！」

「さぁ、梨香ちゃん。リベンジマッチだ。これで勝ったら膝の上は君のものだ！」

「――――！　よ、よぉし！　私、頑張る！」

殺生《せっしょう》なぁ！　と叫ぶ楓さん。梨香ちゃんの顔は初戦以上に真剣。まさにこの戦いに命を懸けているかのよう。対する楓さんは俺が抱きしめていることもあるせいか動きに精彩がない。まぁ使い慣れないパワー系のキャラを勝手に選んだのも原因だが。

「し、真剣にならないといけないのに……勇也君にハグされて力が出ません……！」

顔が蕩けていて集中できていない。それでもなんとか持ち直そうと奮闘を見せるが、そうはさせまいと俺は妨害工作を行う。そのたびに楓さんの身体《からだ》から力が抜けて隙を晒《さら》す。

120％本気になった梨香ちゃんに敵《かな》うはずもなく。第二戦目は梨香ちゃんの完封勝利で終わった。

「やったぁっぁぁぁ――――！　さぁ、楓お姉ちゃん！　そこをどいてください！　勇也お兄ちゃんの膝の上は私のものです！」

「うぅ……勇也君、卑怯《ひきょう》です。私がドキドキするのをわかっていてプレイ中もぎゅぅっってしてきましたね！　しかもここぞの場面で耳ふーまでしてくるし！　この勝負は無効です！　三戦目を要求します！」

楓さんの言う通り、ハグをしていても集中できるようになってきた楓さんに俺は耳に吐息を吹きかけたりした。それでもダメなら耳たぶを甘噛《あまが》みするつもりだったが、その必要はなく勝負がついた。

「フッフッフッ。望むところです。でもその前に膝の上から降りてね！　えへへ。勇也お兄ちゃんの膝の上でゲームだ！」

嬉々《きき》として俺の膝の上に乗ってはしゃぐ梨香ちゃん。あぁ、ホント妹みたいで可愛いなぁ。ついつい頭をナデナデしたくなる。まぁそんなことをすれば当然のことながら楓さんが頬をフグのように膨らませて涙目になるんだけどね。でもその拗《す》ねた顔ですら可愛いのだから楓さんも大概反則だ。

「ねぇ、今度は勇也お兄ちゃんも一緒にやろう！」

梨香ちゃんからの誘いを受けたので俺は秘《ひそ》かに用意をしていたキ〇ーブのコントローラーを接続した。これでみんなで遊ぶことが出来る！

「この対戦で勝って勇也君の膝の上を奪還します！　手加減はしませんよ！」

「ふふん！　今度はキャラを変えようかなぁ。でも勇也お兄ちゃんの膝の上は渡さないもんねぇ！」

おいおい。二人とも俺に勝つつもりでいるのか？　スティックをカチャカチャと回しながら俺は使い慣れた剣士系のキャラを選択して不敵に笑う。

「俺が勝ったら……二人とも、仲良くするんだよ？」

それから十回ほど戦ったが。俺は一度たりとも負けることはなく、楓さんと梨香ちゃんを仲良くさせることに成功したのだった。

「うぅ……勇也君が一番大人げないです。容赦なさすぎです」

「パパをボコボコにしていたから強いと思っていたけどここまで強かったなんて思わなかったよ。少しは手加減してよね、勇也お兄ちゃん」

相手が誰であれ、俺は一切手は抜かないのだ。

＊＊＊＊

昼食を食べてから、俺達は出掛けることにした。梨香ちゃんが映画を観《み》たいと言ったからだ。

その映画は毎年恒例になっている戦隊ヒーローとの二本立ての特撮映画だ。小学一年生の女の子ならプ○キュ○とかだと思ったが、そこはきっとタカさんの部屋には彼が集めたベルトとかフィギュアとか色々飾ってある。タカさんの影響だな。

「グッズは終わってからゆっくり観るとして、飲み物とか買う時間を考えれば余裕はありませんね。勇也君、梨香ちゃん。何か食べたい物はありますか？」

宮本さんに急遽《きゅうきょ》お願いして移動してきたが時間はあまりない。プレゼントした時計を見ながら尋ねてくる楓さんに俺と梨香ちゃんはアイコンタクトをして小さく頷《うなず》き、呼吸を合わせて同時に質問に答えた。

「「コーラとポップコーン！　味は塩！」」

映画にはこれがないと始まらない！

楓さんが移動中にネットで予約したチケットを発券している間に俺と梨香ちゃんが売店に並ぶことにした。

さすが春休みの週末の映画館。カップルや家族連れなどで大混雑しており、楓さんの話では今から観る回のシアターは満席とのこと。三人並んで座れるのは奇跡だな。

「楓お姉ちゃんはカルピスって言ってたよね。本当にポップコーンはいらないのかな？」

「俺が頼むやつをMサイズにして一緒に食べればいいかな。梨香ちゃんはSサイズにして一人で食べていいからね」

映画を見終わっても夕飯までは時間は十分あるからここでお腹《なか》がふくれても大丈夫だと思う。けれど梨香ちゃんは喜ぶどころか逆に眉根を寄せて考え出した。何を迷うことがあるのだろう？

「勇也お兄ちゃん。やっぱり私もポップコーンはいらない」

「え？　梨香ちゃんもいらないの？」

「その代わり勇也お兄ちゃんの頼むサイズを一番大きなLサイズにして三人で食べたらいいんだよ！」

一人一個買うよりは一つ大きなものを買ってしまったほうが金銭的には無駄がない。小学一年生なのにここまで考えるなんて偉いなぁ。春美さんの教育の賜物《たまもの》だな。

「絶対ポップコーンのシェアを理由に勇也お兄ちゃんの隣を独占するつもりだもん。そんなことさせないんだから……！」

あれれ。梨香ちゃんのつぶやきがおっかないぞぉ？　午前中のゲームで楓さんと打ち解けたはずじゃなかったか？

「それとこれとは別だよ、勇也お兄ちゃん。負けられない戦いがそこにはあるんだよ！」

そうか。俺の隣の席を争う戦いはサムライブルーの一大決戦と同レベルというわけか。そんなバカな。

「いらっしゃいませ！　ご注文はお決まりでしょうか？」

そもそもの話、梨香ちゃんが懸念《けねん》しているような戦いは本当に起きるのだろうか。いくら楓さんでもそんなことはしないだろう。

「あぁ、はい。コーラのMサイズを二つにカルピスのMサイズを一つ。ポップコーンの塩をLサイズで一つください」

ぼんやりと考えながら俺は注文を伝える。店員のお姉さんは手慣れた手つきでレジに打ち込んでいく。

「コーラのMサイズがお二つ、カルピスのMサイズがお一つ。ポップコーンの塩味Lサイズがお一つですね。合計で１５１０円になります！」

楓さんから自由に使っていいとクレジットカードとは思えないくらい硬い素材のブラックカードを渡されているがむしろ怖くて使えないので現金で支払う。親名義とはいえ高校生が持っていいカードではない。

「お待たせしました！　こちらがお品物でございます！」

「ありがとうございます。梨香ちゃん、悪いけど一つだけジュースを受け取ってくれるかな？」

「わかりましたっ！」

トレイに差し込めるジュースの数は二つが限界で、ポップコーンもあるからトレイを片手で持つわけにもいかないので梨香ちゃんに助けてもらった。店員のお姉さんはカウンターから身を乗り出しながらそっとジュースを手渡してくれた。こういう細かな気遣いはありがたいね。

「落とさないように気を付けて持ってね、梨香ちゃん」

「これくらい大丈夫だよ！　子供扱いしすぎだよ！」

「そうですよ、勇也君。心配するのは悪いことではありませんが心配しすぎはかえってよくないですよ？」

売店の混雑から抜け出したところでチケットを引き換えた楓さんと合流できた。その手に握る三枚の紙を見て梨香ちゃんの視線が鋭くなり、それに気づいた楓さんが不敵な笑みを浮かべる。本当に戦いが始まるの？

「その目つき。そして勇也君が持っているポップコーンはLサイズの一つだけ。フフッ。梨香ちゃん、あなた気が付きましたね？」

「当然だよ、楓お姉ちゃん。お姉ちゃんならきっとポップコーンのシェアを理由に勇也お兄ちゃんの隣に座って私を端に追いやろうとするはず。そんなことはさせないよ！」

おいおい。マジかよ、楓さん。あなた本気でそんなことを考えていたのかよ⁉　なんだよその主人公を強者だと認めるライバルキャラが浮かべるみたいなニヒルな笑いは！　大人げなさ過ぎるよ！

「それで、楓お姉ちゃんはどうやって席を決めるつもりなんですか？　じゃんけんですか？」

「フフッ。もっとシンプルですよ。勇也君のチケットはこれです」

見えないように座席番号が書かれているほうを下にして楓さんは俺の分のチケットをトレイに置いた。

「さぁ梨香ちゃん。この二枚の中から一枚選んでください。もし当たりを引くことができれば勇也お兄ちゃんの隣の席は梨香ちゃんのものです。でももしはずれだったら……さぁ、覚悟を決めて選ぶのです！」

なんだろう、この茶番は。俺は何を見せられているのだろうか。俺の可愛《かわい》い恋人は小学一年生を相手に謎の勝負を仕掛けていることに呆《あき》れのため息を吐きたくなるが相手を務める梨香ちゃんの表情は真剣そのものだから何も言えない。

「フフッ、これはあなたの運命を決める大事なドローです。心して引くことです」

「……引く。引いて見せる。勇也お兄ちゃんの隣に座るのは……私だぁ！　いくよ、楓お姉ちゃん。私のターン！　ドロー‼」

「いや、楓さんもだけど梨香ちゃんもノリよすぎか」

遊〇王かよ、という俺の突っ込みは誰にも届かない。

ちなみにどっちを選んでも俺の隣の席になるように楓さんが仕込んでいました。

＊＊＊＊

シアター内が徐々に暗くなり、予告が流れ始めた。俺の右隣に座る梨香ちゃんは目をキラキラとさせながらポップコーンを口に放り込みコーラで流し込んでいる。そんなハイペースで飲んだり食べたりしていたら映画の途中で空っぽになるか、もしくはトイレに行きたくなるんじゃないか？

「大丈夫。トイレに行きたくなっても我慢するから」

「いや、そういう問題じゃないんだけど。気を付けるんだよ？　途中で抜けると他のお客さんの迷惑になるからね」

「仕方ないですよ、勇也君。ポップコーンを食べたらジュースは飲みたくなるものですから。梨香ちゃん、トイレに行きたくなったら我慢しないで言ってくださいね？」

俺の左隣に座る楓さんが小さな声で梨香ちゃんに伝えると梨香ちゃんはこくりと頷いた。

「実は私、特撮ヒーローの映画を劇場で観るのは初めてです。なんだかウキウキです」

「俺も初めてなんだよね。なんか楽しみ」

「二人とも。もうすぐ始まるから静かにね！　上映中はおしゃべり禁止だよっ」

楓さんと話していたら梨香ちゃんに怒られました。ごめんね、と謝ってから俺は視線をシアターに固定する。

違法アップロードは犯罪ですの映像が終わると照明が完全に落ちて真っ暗になった。ざばーんと岩場に波打つお馴染《なじ》みのオープニングが開けるとすぐにド迫力な戦闘シーンから映画は始まった。

童心に返りながら見入っていると楓さんがぎゅっと手を握ってきた。この不意打ちには驚いたが、俺は何も言わずに指を絡《から》めて握り返した。そしてちらりと楓さんの方を見るとバッチリ目が合った。暗闇の中でもはっきりわかる楓さんのしっとりとした笑顔。同い年とは思えない大人びた表情。

「一度やってみたかったんです。映画館で好きな人と手をつなぎながら映画を観るの」

「初めてやってみた感想は？」

「フフッ。とてもいいものですね。いつもとは違ったドキドキを感じます」

言いながら、楓さんは俺の肩にぴたりと寄り添ってきた。しかも恋人繋《つな》ぎは進化して大胆な腕組みになった。こらこら！　密着したら隣に座っている梨香ちゃんが怒るよ⁉

「────」

だが梨香ちゃんはカッと目を見開いて集中した様子で映画に見入っていた。これが子供の集中力か。きっと俺達の声は聞こえていないな。

「邪魔しちゃ悪いので静かに観ましょうか」

「うん、そうしようか」

だけど悲しいことに。映画が終わった後で俺と楓さんは梨香ちゃんにしこたま怒られるのであった。

「勇也お兄ちゃん、楓お姉ちゃん。何か言いたいことはありますか？」

「いえ、何もありません」

「私も。何もありません」

シアターから出るや否《いな》や梨香ちゃんは腕組みをして、怒気をはらんだ鋭い目つきで俺と楓さんを睨《にら》んだ。こればかりは反論のしようがない。

「パパとママも映画館で手を繋いだりしています。でも腕を組んで肩に頭を乗せたりまではしていませんでした！」

なんだろう、この気持ち。これが噂《うわさ》に聞く小姑《こじゅうと》に嫌味を言われるというやつなのか。悔しそうに地団駄を踏む梨香ちゃんの姿は怒っているんだけど微笑《ほほえ》ましくて何だか可愛いのでついこちらの頰も緩んでしまう。

「あっ！　なに笑っているんですか、勇也お兄ちゃん！　私は怒っているんだよ⁉　わかっているのかな⁉」

「アハハハ。わかってるよ、梨香ちゃん」

ダメだ。梨香ちゃんがすごく可愛くて直視できない。

「むぅ――――！　絶対わかってない！　楓お姉ちゃんは反省しているよね⁉」

「だって仕方ないじゃないですか。勇也君とくっついていたかったんですもん」

楓さん、どうして火に油を一斗缶ごとぶち込むような発言をするんですか⁉　しかも俺に腕組みしてくるというおまけ付きで！　ほら、梨香ちゃんの瞳から光が消えているじゃないか。肩もフルフルと震えている。

「り、梨香ちゃん？」

「うぅ……うぅ……うがぁああああ‼」

梨香ちゃんが突然叫び出して壊れてしまった。そしてドンドンと地団駄を踏んで悔しがったかと思えばギリっと俺のことを睨みつけて腰めがけてタックルしてきた。

「私だって勇也お兄ちゃんにくっつくの！　楓お姉ちゃんにばかりいい思いはさせないもん！」

油断していたところに完全な不意打ちで梨香ちゃんの頭が見事に俺のみぞおちに突き刺さった。痛みで息が苦しいのに腰をぎゅぅと絞るように抱きしめられてますます酸欠になっていく。

「り、梨香ちゃん。勇也君が苦しそうにしていますからいったん離れてあげてください」

「嫌だもん！　そんなこと言って楓お姉ちゃんが独占する気でしょう⁉　騙《だま》されないもんね！」

楓さん、どうしてそこで口をつぐむんですか？　そこはそんなことはしないから離れましょうね、と梨香ちゃんを諭すところだよね？　なんでそこで目を逸《そ》らすんですか？　図星か？　図星なのか⁉

「あ、あぁ……梨香ちゃん。気持ちは分かったからまずはいったん離れてくれ。いい加減息ができなくてやばいから。お願い」

「……いや。離れたくない」

梨香ちゃんの頭を撫《な》でながらお願いするが顔を押し付けながら首をふるふると横に振る

ばかり。楓さんの駄々っ子状態と同じだ。これは困った。

「離れたら勇也お兄ちゃん、私と手を繋いでくれないもん。楓お姉ちゃんとずっと手を繋いでいるんでしょう？　私だって手を繋ぎたいだもん」

なるほど。すべての原因は楓さんにあるということか。俺としても楓さんと手を繋いでいたいので否定はできないが、ここはひとつ大人になろうじゃないか。そうだろう、楓さん？

「そうですよね。梨香ちゃんも勇也君と手を繋ぎたいですよね。だからそんな梨香ちゃんに提案があります」

「……なにぃ？」

興味を示した梨香ちゃんに、楓さんがひざを曲げて顔を近づけてコソコソと耳打ちした。うんうんと頷《うなず》き、ぱぁぁと笑顔の花を咲かせる梨香ちゃん。雨が降っていて暗かった空が晴れ上がり虹が掛かったような変わりようだった。

「勇也お兄ちゃん。わがまま言ってごめんなさい」

俺から離れてぺこりと頭を下げる梨香ちゃん。いや、怒ってないから謝ることはないんだよ？　ほら、手を繋ごうよ？

「えへへ。ありがとう、勇也お兄ちゃん！」

満面の笑みを浮かべながら梨香ちゃんは俺と楓さんの間に割って入った。そんなことをしたら今度は楓さんが駄々っ子モードに入るのでは⁉　だが俺のそんな心配は杞憂《きゆう》に終わった。梨香ちゃんの空いている手を楓さんが自然と握っていたのだ。

「子供の頃にこうしてお父さんとお母さんの間に挟まれて手を繋いだことがあるのでこういうのもいいかなって思いました。これも将来の予行演習です」

そう言う楓さんを見て、俺の頭の中で子供を連れて歩く未来の自分たちの姿を鮮明な形で想像した。子供は女の子で楓さん似。はしゃぐ娘に振り舞わされながらもとても幸せそうな様子の楓ママとほっこりしている俺。

「フフッ。その日が来るのが楽しみですね、勇也君」

「そうなるためにも頑張らないとね。色々と」

「二人とも！　私を間に挟んでストロベリーワールド作らないでよね！」

本当に、こういう幸せな未来がくればいいなと俺は思った。

＊＊＊＊

俺たちが映画を観にやってきたのは複合型のショッピングモールだ。映画館のほかにも様々なショップがあるので一日いても飽きることはない。ぶらぶらと見て回るのも悪くないのだが女の子二人がクレープを食べたいと言うのでフードコートに移動した。

「さて。クレープ買ってくるけど何が食べたいですか？」

「はいはい！　私はカスタード生クリームチョコバナナ！」

「私はカスタードストロベリー&ミックスベリー生クリームでお願いします」

梨香ちゃんが定番のチョコバナナで楓さんがイチゴ系か。すらすらと名前が出てくるあたりさすがは女の子。俺なんかとりあえずチョコバナナでいっか、くらいしか思いつかないぞ。

「それじゃ買ってくるから、二人はここでおとなしく待っててね。喧嘩《けんか》したらクレープは没収だからね？」

ええ!?　と抗議の声を上げる二人を残して俺はお店へと向かった。さすがは春休みの週末。かなりの行列ができていた。しかもその多くが女性客かカップル。男一人でいるのは俺くらいだから気恥ずかしい。羞恥に耐えること十分弱。ようやく注文することができた。

さらに数分待って二人分のクレープを受け取って席へと戻る途中、ズボンのポケットにしまっていたスマホが震えた。誰だろうか。出たいのは山々だが生憎《あいにく》と両手が塞がっているのですぐには出られない。まずは楓さんたちのところに戻らなくては。

「あぁ！　勇也君！　やっと戻ってきてくれました！」

「楓さん？　どうしたの？　あれ、梨香ちゃんは？　一緒じゃないの？」

「そうなんです！　私がお手洗いから戻ってきたらどこにもいなくて……どうしましょう⁉」

顔面蒼白《そうはく》で泣きそうになっている楓さん。俺も起きていることがすぐには飲み込めなかったが、俺以上にパニックになっている楓さんを落ち着かせるためにもまずは席に座らせる。

「どこに行っちゃったんでしょうか……今すぐ探しに行かないと……何かあったら大変です！」

「落ち着いて、楓さん。パニックになるのはわかるけど冷静にならないと。ほら、クレープでも齧《かじ》って落ち着いて？」

「あぁ……どうしよう。しっかりしているから大丈夫だと思って一人にしたんですけど……梨香ちゃん可愛《かわい》いからまさか誰かに連れ去られたとか？　もし梨香ちゃんの身に何かあったら私……」

「――落ち着け、楓さん！」

俺は思わず強い口調で彼女の名前を呼んだ。びくっと肩を震わせる楓さんの口元にクレープを突き出して食べさせる。はむはむと生地と一緒に生クリームを頬張ることで少しは冷静になっただろうか。

「大丈夫。きっと待ちきれなくてどこかにふらっと遊びに行っちゃっただけだから。すぐに見つかるって」

「うぅ……だといいんですが……」

もぐもぐとクレープを食べながらも落ち込んだ様子の楓さん。かくいう俺も内心では焦《あせ》っていた。こういう時、まずは総合案内カウンターに行って迷子のアナウンスをかけてもらうのが一番だ。だからといって二人同時にここを離れてしまったら、梨香ちゃんと入れ違いになる可能性もある。となると楓さんには残ってもらって俺が行くのがいいか。

「よし、楓さんはここに残っていてくれ。俺は迷子のアナウンスを流してもらうように総合案内カウンターに行ってくるから。その間に梨香ちゃんが戻ってきたら電話して。いいね？」

「はい、わかりました……」

俯《うつむ》いている楓さんの頭をぽんぽんと撫でてから俺が歩き出そうとしたとき、恐る恐る声をかけてきた人がいた。

「あ、あの、すいません。そこに座っていた小学生くらいの女の子ならどこに行ったか多分わかります」

声をかけてきたのは梨香ちゃんと同い年くらいの女の子を連れたお母さん。その人は今俺たちが一番知りたい情報を知っているようだ。藁《わら》にも縋《すが》る思いで楓さんが詰め寄って尋ねた。

「り、梨香ちゃんを見たんですか⁉　どこで⁉　どこで見たんですか⁉」

あまりの剣幕にお母さんとお子さんはびっくりして固まってしまった。これでは聞ける話も聞けなくなる。俺は楓さんの肩をそっと抱き寄せた。

「楓さん、落ち着いて。すいません、驚かせしまって。それで、ここにいた女の子はどこに行ったんですか？」

「あ、はい。その女の子ですが、きっと映画館のほうに向かったと思いますよ」

映画館？　ついさっきまでいたのに何故《なぜ》？

「あのね！　お兄さんとお姉さんが戻ってくる前にここをピ●チュウが通ったの！　その後に付いて行くのを私見たよ！」

国民的人気アニメの電気ネズミがここに現れた？　え、ますますわからないんだけど、どういうこと？

「夏に公開される映画の宣伝で写真撮影のイベントをしているんですよ。その告知で練り歩いていたのをたまたま見て付いて行ったんだと思います」

そういうことか。一人で待っていて退屈しているところに着ぐるみが歩いてきたら付いて行きたくなるよな。さらにお母さんの話ではその写真撮影のイベントはまだやっているとのこと。

丁重にお礼を述べて、俺と楓さんは梨香ちゃんがまだ映画館にいる可能性に賭けて急いで向かった。本当なら楓さんには残っていてほしかったが頑として聞かなかった。

「嫌です！　私も行きます！　一人残って待つなんて嫌です！」

「……わかった。なら一緒に行こう」

押し問答をしている時間もないので二人で行くことにした。お願いだからいてくれよ、梨香ちゃん！

普段ならこの程度のダッシュで息を切らすことはないのだが、焦燥感からくる焦りのせいで呼吸は乱れ、肩を上下に揺らして必死に走る。

「梨香ちゃん……！　梨香ちゃん……！」

並んで走る楓さんは祈るように名前を呟《つぶや》いた。全力疾走ではないとは言えぴったりと付いてくるのはそれだけ梨香ちゃんが心配ということだ。人間追い詰められたときは信じられない力を発揮するからな。

「どうか、どうか無事でいて……！」

映画館を目の前にして楓さんが加速した。劇場手前のロビーに設けられたイベントスペースには大人気キャラクターの黄色のネズミの着ぐるみの握手会兼撮影会がまだ行われていた。

「はぁ……はぁ……梨香ちゃん、どこにいるの……⁉」

楓さんと一緒に俺も周辺に目を配る。イベントの待機列は親子連れだけで子供だけということはない。なら少し離れたところで眺めているのではと視野を広げてみるがやはりいない。

ここじゃなかったのか。そう思い始めたその時――

「大道梨香ちゃんのお連れ様はいらっしゃいませんかぁ――？」

「……えっ？　梨香ちゃん⁉」

映画館の女性スタッフが梨香ちゃんの手を引きながら声を張り上げているのが目に飛び込んできた。俺よりも早く反応した楓さんが走り出した。慌てて俺もその後を追った。

「――っあ！　楓お姉ちゃんだ！」

「――梨香ちゃん！」

スタッフさんから離れて楓さんのもとへと笑顔で駆け寄る梨香ちゃん。人の心配も知らないで無邪気な顔をしている少女をしっかりと抱きしめる楓さん。自分が片手にクレープを持っていることも忘れて思いきり。あっ、と声を上げるスタッフさん

「ねぇねぇ楓お姉ちゃん！　あそこにいるピ●チュウと一緒に写真撮ってもらおうよ！　今日しか来ないんだって！　って、あれ？　どうしたの、楓お姉ちゃん？　泣いてるの？」

そんなことはお構いなしに簡易ステージの上で子供たちと楽しそうに写真撮影をしている着ぐるみを指差す梨香ちゃん。けれど自分を抱きしめている楓さんが泣いていることに気が付いて怪訝《けげん》そうな表情に変わる。

「もう……勝手にいなくなって……すごく心配したんですよ！　梨香ちゃんの身に何かあったんじゃないかと思って……」

涙をこぼす楓さん。梨香ちゃんにはどうして楓さんが泣いているのかわからないのか困惑して、助けを求めるように視線を俺に向けてきた。

「梨香ちゃんがいなくなってすごく心配したんだよ？　どうして俺か楓さんが帰ってくるまで待てなかったの？」

「だ、だって……もう会えないかもって思ったら身体が動いちゃって……」

「そっか。そうだよね。でもね、梨香ちゃん。俺と楓さんはね、梨香ちゃんが急にいなくなってもう会えないんじゃないかってすごく心配したんだよ。だからこれからは勝手にいなくならないでね？」

怒鳴っても仕方ない。梨香ちゃんは俺たちと比べてもまだまだ子供だ。好奇心に負けてしまうこともあるだろう。だから俺は優しく諭すように。こういうことをしたら大好きな人が悲しむということをわかってもらえるように話した。

「ご、ごめんなさい……勝手にいなくなって……ごめんなさい、楓お姉ちゃん、勇也お兄ちゃん……」

「……いいんです。梨香ちゃんにこうしてまた会えましたから。いつまでもこうしていたらイベントが終わってしまいますね。写真、撮ってもらわないとですね！」

「うん！　早く行こう、楓お姉ちゃん‼」

二人は実の親子のようにとても仲良さそうに手を繋《つな》いでイベントブースへと小走りで向かった。俺は梨香ちゃんを保護してくれた映画館のスタッフさんに丁重に頭を下げて、二人の後を苦笑いしながら追った。そこで俺は一つ大事なことを思い出した。

「ほらほら勇也君！　急いでください！　私達で最後ですよ！」

「勇也お兄ちゃん早くぅ！」

手招きして急《せ》かす二人のもとにまずは急ぐとしよう。というか気づいていないのかな、梨香ちゃんは。

写真撮影係のスタッフさんに俺のスマホを渡して壇上へ上る。梨香ちゃんをセンターにして俺と楓さんは屈《かが》みながら着ぐるみさんの前へ。

「カメラはお兄さんので？　わかりました。それじゃぁ撮りますよぉ？　あぁ、もっと近寄ってください！　そうです！　ではいきまーす。はい、チーズ」

パシャリと音が鳴り、無事、写真撮影が終わった。最後に梨香ちゃんは国民的電気ねずみと握手&ハイタッチを交わした。

「勇也君、今の写真、私のスマホに送ってくださいね？　いいですね？」

「あぁ！　私も写真欲しい！　でもスマホ持ってない……どうしよう」

「梨香ちゃん、安心してください。今は写真屋さんで現像できますから。今度一緒に行きましょうね」

うん、と笑顔で頷《うなず》く梨香ちゃん。この二人を見ていると本当の親子に見える。もし俺と楓さんの間に子供が生まれたら、間違いなくこの人はいいお母さんになる。そして幸せな家庭を築くことができる。

「あぁ、二人とも。現像なら俺が今からしてくるから洋服を買ってきたほうがいいよ」

「え？　洋服ですか？　誰のですか？」

楓さんの頭の上にははてなマークが見える。だが当事者である梨香ちゃんは気づいたようだ。

「梨香ちゃんのだよ。気付いてなかったの？　背中にクレープの生クリームがべっちゃりついているからさ」

最初に抱きしめたとき、梨香ちゃんの背中には楓さんが持っていた食べかけのクレープが付いてしまっていた。目立つほどの量ではないが確かに汚れてしまっている。

「あ、あぁ……あぁっ⁉　ごめんね、梨香ちゃん！」

「だ、大丈夫だよ、楓お姉ちゃん。そんな気にしないでいいから！」

「ダメです！　勇也君、私は今から梨香ちゃんに似合うお洋服を買いに行ってきます！　写真は任せましたよ！」

了解と、俺の答えを聞く前に楓さんは梨香ちゃんの手を引いて猛ダッシュで走り去った。

一人残された俺は手つかずのクレープを一齧《かじ》りして写真の現像に向かうことにした。

全部似合うとか言って棚買いとかしないよね、楓さん？

スマホのデータから現像したい写真をいくつか選んで仕上がりを待っていたら着信が入

った。その相手は楓さん。一体どうしたんだろ？

「もしもし、どうしたの楓さん？」

『助けて勇也お兄ちゃん！　楓お姉ちゃんが！　楓お姉ちゃんが……！』

聞こえてきたのは相当焦《あせ》っている梨香ちゃんの声。楓さんの身に何かあったのか⁉

「どうしたの、梨香ちゃん？　落ち着いて、状況を聞かせてくれる？」

『あ、あのね。楓お姉ちゃんと服を買いに着ているんだけどね。楓お姉ちゃんが店員さんを困らせてるの。だから早く助けに来て、勇也お兄ちゃん！』

ん？　店員さんを困らせている？　楓さんが？　なんで？　そう思っていると梨香ちゃんは店内の様子を聞かせてくれた。飛び込んできた音声は――

『だから！　ここからここまでのお洋服を全部買わせてください！』

「………だいたいわかった」

『そういうことだから超特急で来てね！』

俺はこめかみを抑えてため息をついた。梨香ちゃんに似合う服を選ぶために着せ替え人形にしたけどどれも可愛《かわい》くて選べない。なら全部買いましょうとか言い出したんだろうな。

そりゃ店員さんも戸惑うわ。

「でもまぁ。気持ちはわからなくはないけどさ」

タイミングよく仕上がった写真を受け取って出来上がりを確認しながら俺は呟いた。そこに写っている梨香ちゃんはまるで聖女のように愛らしい。ちなみに隣に立って微笑《ほほえ》んでいる楓さんは聖母様だな。

俺は現像した写真を三つの封筒に分けて入れた。一つは梨香ちゃん分、もう一つは楓さんと俺の分。残りの一つは俺個人の観賞用分。

「さて、暴走している楓さんを止めに行きますかね」

写真をバッグにしまい、俺は二人がいるショップへと急いだ。暴走列車となった楓さんを止められるか自信はないが。

「遅いよ、勇也お兄ちゃん！」

店の前にいた梨香ちゃんが俺の姿に気付いてぴょんぴょんと飛び跳ねながら手を振っているのが見えた。

「お待たせ、梨香ちゃん。楓さんは今どうしてるの？」

「それは自分の目で確かめて。うぅ……私の方が恥ずかしいよぉ」

小学一年生を辱《はずかし》める行為とはいったい。梨香ちゃんと一緒に俺は恐る恐る店内へと入る。目に飛び込んで来たのはふくれっ面《つら》で店員さんと対峙《たいじ》している楓さんの姿。

「どうしてですか？　どうして買わせてくれないんですか？　これ全部、梨香ちゃんに似合いますよね？　可愛いですよね？　だから全部買わせてください！」
「いえ、ですからその……さすがに全部というのは……」
「大丈夫です。父には私から話しますから！　将来の子供ができたときの予行演習として
たくさん洋服買ったよ、って言えばむしろ喜んでくれます」
店員さんがそんな馬鹿なという顔をしているが実はそうではないんだな。一人娘である
楓さんの『俺と一緒に暮らしたい』っていう史上最大のわがままを喜んで聞いてしまうご
両親だ。嬉々《きき》としてお金を支払うことだろう。
「うぅ……こうなったら勇也君からも説得を――っあ、勇也君！　待ってましたよ！
さぁ、私と一緒に説得して下さ――痛っ！」
俺は羞恥で顔を赤く染めながら楓さんの頭に問答無用でチョップを振り下ろした。
「すいません、ご迷惑をおかけしました。ちゃんと選んで買うようにしますので。ほんと、
申し訳ありません」
涙目でフグのように頬を膨らませて抗議の視線を向けてくる楓さんを無視して俺は店員
さんに頭を下げた。苦笑いをして「はい、ごゆっくりお選びください」と言って離れてい
った。きっと裏に下がって盛大なため息をついていることだろう。
「勇也君は可愛い梨香ちゃんを見たいと思わないんですか？　これ全部梨香ちゃんに似合

うと思いませんか？」

「いや、それはそう思うけどさ……さすがに全部はちょっと……」

棚に並んでいる洋服は確かにどれも可愛い。ワンピースからこれからの季節にぴったりのTシャツ。スカートにパンツにより取り見取りだ。悩むのもわかるけど、さすがに棚買いはダメだろう。

「お家《うち》に帰ったらファッションショーをするんです！　絶対に楽しいですよ！」

「うん、それはさぞ楽しいだろうけどまず棚買いは忘れようか」

「どうしてですかぁ！　勇也君のわからず屋！」

ダムダムと地団駄を踏む楓さん。梨香ちゃんはすっかりドン引きしている。俺だって同じ気持ちだが彼女の気持ちをどうにか静めるのが彼氏である俺の役目だが、このたくさんの洋服の中から梨香ちゃんに最も似合う可愛い服を選びだすことは俺にはできない。左右に素早く視線を動かして周囲を観察するとあるものが目についた。これだ。

「楓さん。せっかくなら楓さんも一緒に服を買ったらどうかな？」

「……え？　私もですか？」

「ほら、あのマネキンのコーデみたいにさ。楓さんと梨香ちゃんで同じ服を着るっていうのはどうかな？　親子コーデっていうのかな？　絶対可愛いと思う」

指差した先に展示されているのは母と子と思われる二体のマネキン。それは白地に花柄のワンピースの上に薄手のカーディガンを羽織っていた。春らしい装《よそお》いは楓さんが着れば大人な女性の雰囲気を醸《かも》し出し、梨香ちゃんが着れば少女の可愛さを際立《きわだ》たせる。まさに二人にお似合いの服と言える。

「親子っていうよりは姉妹かもしれないけど、俺は楓さんにも梨香ちゃんにも似合うと思うよ？　二人が並んだ姿を俺は見たいなぁ……なんてね」

想像しただけでにやけてしまうので俺はそれをごまかすように明後日《あさって》の方向を向きながら頬を掻《か》く。楓さんは目を見開いてマネキンを見つめること数秒。ふくれっ面が蕩《とろ》け顔に変わった。

「ゆ、勇也君がそこまで言うなら梨香ちゃんと親子コーデにします。えへへ」

「楓お姉ちゃんとお揃《そろ》いなんて……恥ずかしくて無理だよぉ……」

「えへへ。そんなことないですよぉ。さぁ、梨香ちゃん。一緒に試着室に行きましょうねぇ。勇也君に親子コーデを見せてあげないとですよぉ」

背中に隠れていた梨香ちゃんの手をにへら顔をした楓さんが掴《つか》んで引きずるようにして連行していった。助けを呼ぶ叫びが聞こえるが俺はそれを無視して額の汗をぬぐった。

ふぅ。これで一安心だ。

買い物の後は仲良く夕食を食べてから帰宅して、家に着いたのは21時過ぎ。俺はリビングの椅子に腰かけて身体《からだ》を伸ばしながらソファに座る楓さんと梨香ちゃんに目をやった。二人は仲睦《むつ》まじく過去の特撮ヒーロー映画を熱心な様子で観《み》ている。

「梨香ちゃんは本当に可愛いですね。明日はお揃いのパジャマを買いに行きましょうか？　それを家に置いておけばいつでもお泊まりに来れますよ」

「あ、それいい！　勇也お兄ちゃんもいいよね⁉」

「もちろんだよ、梨香ちゃん。可愛いパジャマ、選ばないとね」

懸念《けねん》があるとすれば頻繁に家に遊びに来るようになったら多分タカさんが号泣しかねないってことだな。

「ねぇねぇ楓お姉ちゃん。勇也お兄ちゃんもお揃いにするのはどうかな？　三人で同じパジャマ着て寝るの！」

「それは名案です！　というわけで勇也君、明日もお買い物ですがいいですか？　いいですよね？」

俺に拒否権はないし拒否するつもりもない。楓さんとお揃いのパジャマを着るというのも悪くないどころかむしろ良《い》い。今のモコモコな感じもいいが、この時季買うとすると春夏用だろうから薄手になって肌色が増えるな。そんな姿で誘惑されたら――

「ねぇ、楓お姉ちゃん。勇也お兄ちゃんがすごく難しそうな顔をしているけどあれは何を考えているのかな？」

「むむっ。あの顔はきっと私と梨香ちゃんのパジャマ姿を妄想している顔ですね。きっとエッチなことを考えているに違いありません」

「楓さんの可愛いパジャマ姿を考えて何が悪い。きっと楓さんのことだからキャミソールにショートパンツの組み合わせを選んで俺のことをからかうつもりなんだろう？」

ぎくぅ！　と今時ありえないくらい古典的かつわかりやすいリアクションをしてくれたので俺の妄想は確信へと変わる。これは明日の夜は覚悟しないといけないかもしれないな。

いや、本番は梨香ちゃんが帰った後の夜か？

「あっ、今の顔は梨香でも分かるよ。勇也お兄ちゃん、きっと楓お姉ちゃんとイチャイチャすることを想像している！　もう、そういうこと考えたらだめだよ！」

デリカシーがないんだから、と梨香ちゃん。解《げ》せぬ。それを言うなら今君を抱きかかえている楓さんの顔を見てくれ。にへらぁと今にもよだれを垂らしそうな顔をしているぞ？

あれこそまさに『あんなことやこんなこと』を考えている人の顔ではないのかね？

「えへへ。勇也君が私とイチャイチャする妄想を……ぐへっ」

「か、楓お姉ちゃんが壊れた……」

「いや、これが楓さんの通常運転だよ、梨香ちゃん」

だってそうじゃなきゃ、同棲《どうせい》初日の夜にお風呂《ふろ》に突撃してこようなんてしないだろうし、翌朝には本当に突撃してきた。ぎゅうってしてくれないと眠れませんとか言わないだろう。

まぁ楓さんを抱き枕にするのは俺としても幸せだから異論はないのだが。

画面では主役戦士が劇場版限定の最強フォームに変身してヒーローが敵にキックをお見舞いしたのに合わせて梨香ちゃんがつぶやいた。

「……勇也お兄ちゃんの馬鹿」

必殺技を食らって爆散する怪人の気持ちがわかった気がした。

＊＊＊＊

楓さんがポンコツ化してしまったのでこれ以上映画を観ていても仕方ないということになり、寝る準備を始めることにした。

「えへへ。勇也君とお揃いのパジャマで……えへへ……」

ダメだ。楓さんは夢の世界から戻ってくる気配がない。きっと頭の中では俺ときっとイチャイチャパラダイスを繰り広げていることだろう。

「ねぇ、勇也お兄ちゃん。久しぶりに一緒にお風呂入ろうよぉ」

「そうだね。久しぶりに一緒に入ろうか」

やったぁと梨香ちゃんは喜ぶと、お風呂セットを取りに寝室へと向かった。タカさんの家に泊まりに行ったときに、まだ幼稚園児だった梨香ちゃんと一緒にお風呂に入ったことが何度かあったのを覚えていたようだ。『パパとはやだぁ』と言ってタカさんのハートをブレイクしたのは面白かった。

「……勇也君。今のはどういうことですか？」

ゆらりと。さながら幽鬼のごとく気配を殺して俺の背後を取った楓さんが囁《ささや》き声で質問してきた。その声音には殺気が混じっており、安易に振り向けば肋骨《ろっこつ》の隙間から小刀を心臓に挿しこまれて声も出せずに命を刈り取られる。かといって振り返らず、質問に答えたとしても楓さんを納得させることができなければ同様の末路が俺を待っている。

「ねぇ、勇也君。黙っていたらわかりませんよ？　今のは、どういう、ことですか？」

「…………」

「梨香ちゃんと久しぶりに一緒にお風呂に入る。そう言っていましたよね？　私が一緒にお風呂に入りたいです、と言ったときは頑《かたく》なに抵抗していたのにどうして……？　ねぇ、どうしてですか？」

言いながら俺の腰に腕を回して密着してくる楓さん。しかも顎を肩に乗せて俺の耳元で吐息を吹きかけてくるおまけつき。背筋がゾクゾクと震える感覚が奔《はし》る。俺は口を開こうとしたがそれに合わせるように耳たぶをはむりと甘噛《あまが》みしてきた。

「か、楓さん――!?」

「んぅ……私だってぇ……勇也君と一緒にお風呂入りたいんですよぉ？　んぅ……いいですよね？」

一転して甘く蕩ける声が俺の耳朶《じだ》を打つ。甘噛みを継続しながらしかもわざと背中にたわわな果実を押し付けてくるので最悪《最高》だ。楓さんの体温によって俺の思考力が徐々に溶けていく。

「ねぇ……勇也君。私もぉ……はむぅ……一緒にお風呂、いいですよね？　三人で……ぅふぅ。入りましょう？」

「あ、あぁ……わかった。わかったから……もう、やめて。耳をはむはむしないで」

「フフッ。ありがとうございます。それじゃ私も用意してきますね。くれぐれも、逃げないでくださいね？　というわけなので、ちょっと待っててね、梨香ちゃん」

えっ⁉　梨香ちゃん⁉　その一言で俺の理性が急速に蘇《よみがえ》ってきた。ギギギと壊れた機械人形のようにゆっくりと振り返ると、そこにはお風呂セットを抱えながら鬼の形相をした梨香ちゃんが立っていた。

「……勇也お兄ちゃんの浮気《うわき》者」

「それはひどくないかな梨香ちゃん⁉」

一言。だが的確なハートブレイクショットを俺に叩《たた》き込んだ梨香ちゃんは楓さんの後を追うように踵《きびす》を返した。がっくりと膝をついて盛大なため息をついた。策士楓に一杯食わされた。

「梨香ちゃんに対する対抗心がまだ残っていたとは……」

密着されて胸を押し付けられて耳を甘噛みされていい気分になっていたので楓さんのことをとやかく言う権利はないのだが、それでも梨香ちゃんがいるのをわかっていてやるのは犯罪ムーブだと文句の一つくらいは言ってもいいよね？

――いや、ダメだね。君に文句を言う権利はないよ。

じと目で否定してくる伸二《しんじ》の声が聞こえた気がした。

さて、三人でお風呂に入ることは確定的になってしまったわけだが、俺はいつものように水着を着用した状態で梨香ちゃんの頭を洗ってあげていた。

「どうしてお風呂に入るのに水着を着てるの？」

当然と言えば当然の突っ込みを梨香ちゃんから頂戴したわけだが、これを履いていないとまだ楓さんと一緒にお風呂に入ることはできない。理由？　そんなの俺の理性が意識と一緒に吹き飛ぶからに決まっているじゃないか。

「梨香ちゃん、痒《かゆ》いところはない？」

「うん！　大丈夫だよ！　パパと違って優しくて気持ちいいよぉ」

泡が目に入らないように注意しながら優しく梨香ちゃんの髪を洗っていく。どうやらタカさんは乱暴にゴシゴシと洗うようで、そういう洗い方をするならパパとはもうお風呂に入らないから！　と梨香ちゃんは通告したそうだ。哀れな、タカさん。

一通り洗い終わったらシャワーで流していく。細心の注意を払いながら流し残しがないようにしっかりとすすいでいき、それが済んだらトリートメンをつけてまた丁寧に洗い流す。うん、ツヤツヤだ。

「ありがとう、勇也お兄ちゃん！　それじゃ梨香は先にお風呂に浸《つ》かるね！」

「うん。俺も身体を洗ったら入るから先にのんびり浸かっててね」

はぁい、という返事を聞きながら俺はシャワーを浴びてから身体を洗っていく。ちなみに今この場にいるのは俺と梨香ちゃんだけ。主役（？）の楓さんはいったい何をしているのだろうか。

「……楓お姉ちゃんのことだから、きっと何か仕掛けてくるはず……！」

「梨香ちゃんの中で楓さんはどういう扱いになっているの⁉」

戦略家か何かと思っているのだろうか？　梨香ちゃんに正妻アピールするのと同時に俺をドキドキさせて一泡吹かせるという作戦を成功させるためにこの状況を作り出したとでもいうのか⁉

「いや、いくら楓さんでもアホなことはしないって。いつものように水着で来るはずだよ」

「……だからどうしてお風呂に入るのに水着を着るの？　恥ずかしいなら一緒に入らなければいいのに」

おっしゃる通り。ごもっともでございます、梨香様。ぐうの音も出ないとはこのことだ。

俺はただ苦笑いをしてお茶を濁すしかなかった。

「――――お待たせしました！　さぁ、勇也君、私の髪の毛も洗ってください！」

バンッ、と大きな音を立てながら威風堂々と楓さんがお風呂場にやってきた。いや、普通にびっくりするから大きな音は立てないでほしいんだけど。というか、その格好はいったいどうした？　いつものスク水じゃないだと？

「フッフッフ。こんなこともあろうかと用意しておいたんですっ！　いつも同じでは勇也君が飽きてしまうのでその対策です！」

「……もしかして楓お姉ちゃんって……アレなの？」

「……みなまで言うな、梨香ちゃん。楓さんはそう、アレなんだ。時々おバカになってしまうんだ」

そっかぁとあきれた声で言う小学一年生。無理もない。どやぁとふんぞり返る楓さんは確かに水着姿ではあるがいつもと違ってちゃんとした水着だ。

色は可愛《かわい》らしいピンク。一瞬脱ぎ掛けているのではないかと錯覚するワンショルダーフレア。片側だけがっつり露出しているので可愛いだけじゃなくセクシーさも出ている。加えてただでさえ瑞々《みずみず》しい立派な果実を宿しているのにさらに強調するフリル付き。ビキニパンツも同様にフリルがあしらわれており、片側についているリボンがアクセントになっていてこれもまた可愛い。

まさに本気。いつ夏を迎えてもいい完全装備だ。このままプールに泳ぎに行っても違和感はなく、男どもの視線を釘付《くぎづ》けにすることだろう。あれ、想像したら腹が立ってきたぞ。

「もう、安心してください。私を好きにしていいのは勇也君だけですから」

そっと俺の手を取りながら楓さんが甘い声で言った。突然そんな風に言われたら照れるじゃないか。恥ずかしくなって俺はとっさに視線を逸《そ》らした。

「そ・れ・よ・り。ねぇ、勇也君。この水着はどうですか？　可愛いですか？」

「も、もちろん。似合ってるよ。楓さん以上にその水着が似合う人はいないんじゃないかってくらい、すごく可愛い」

お願いだから言わせないでくれ！　恥ずかしくて顔から火が吹き出そうだ。でも可愛いと思ったらちゃんと言葉にして伝えないとダメだと誰かが言っていた。

「フフッ。ありがとうございます。それじゃ勇也君。いつものように洗いっこをしましょうか。今日はたくさん歩きましたから念入りにマッサージをお願いしますね？」

「あぁ、うん。わかった。それじゃ洗うから座ってくれるかな？」

はい！　と元気よくバスチェアに腰かける楓さん。俺は一度戻したシャワーを再び手に取って背中を流そうとしたところで浴槽に浸かっている存在を思い出した。恐る恐るそちらを見ると、案の定梨香ちゃんが鬼の形相でこちらを睨《にら》んでいた。

「り、梨香ちゃん。大丈夫？　の、のぼせてない？」

「……二人のやり取り見てたらのぼせた」

「それは大変です！　早く上がって水分補給をしないといけませんね。一緒に行きましょう」

「大丈夫だよ、楓お姉ちゃん。一人でできるから」

聞いたことのないくらい冷めた声で梨香ちゃんは言うとそそくさとお風呂《ふろ》から上がってしまった。そして風呂場から出る直前、扉から顔を覗《のぞ》かして一言。

「勇也お兄ちゃんのエッチ」

俺か⁉　俺がエッチなのか⁉　どちらかと言えば楓さんの方が積極果敢なのではないか⁉

「梨香ちゃんもいなくなったことですし。ここからは大人のじ・か・ん、ですね？」

「そんな時間は来ない。断じて来ない」

心中でため息をつきながら、俺は楓さんの身体を流すのをやめて湯船に避難した。拗《す》ねた声を楓さんが上げるが無視だ。まったく。子供を相手に本気を出しすぎだよ、楓さん。

「梨香ちゃんは可愛いですが勇也君の正妻は私です。だから手加減はしませんよ！」

「梨香ちゃんは可愛いけど、俺は楓さん一筋だからね。そこは張り合わなくてもいいよ」

アホなことを言う楓さんに対して反射的に俺は返すといきなりシャワーをぶっかけられた。熱い！　目に入る！

「いきなり何するんだよ、楓さん⁉」

「勇也君が悪いんですぅ。いきなり私を喜ばすようなことを言うから。もう、勇也君は不意打ちばかり……ほんと、ずるいです」

それきり口を閉ざして黙々と身体を洗い、髪を洗い、湯船に入る。当然のように俺の足の間にポジショニングをしてきて『ぎゅってしてください』と無言の圧力をかけてくるのでご要望にお応えする。

俺と楓さんは梨香ちゃんの『もう！　いつまでお風呂でイチャイチャしてるの⁉』という怒りの抗議を受けるまでずっとこうして湯に浸かった。

スク水と違って肌の露出が激しいのでとてつもなく緊張して色々大変だったが、それに見合うだけの幸福を味わうことができました。

梨香ちゃんの機嫌は中々直ってくれなかった。ぷんすかと頰を膨らませて話しかけてもそっぽを向いてしまって弁明する機会すら最初はくれなかった。

「ねぇ勇也君。私の髪の毛を乾かしてくれませんか？　ほんとは髪もごしごし洗ってほしかったんですけどしてくれなかったのでその代わりに。ね？」

それにもかかわらず楓さんがグイグイと腕を摑《つか》んでこんなことを要求してくるものだから梨香ちゃんの機嫌はますます悪くなる。

「ふんっ！　梨香は自分で出来るもん！　楓お姉ちゃんの甘えん坊！　めんどくさがり！　ポンコツ彼女！」

言いながら悔しそうに地団駄を踏むので本当は自分も甘えたいけど怒ってしまった手前言えないのだろうと思った俺は楓さんからドライヤーを受け取りぽんと小さな肩に手を置いた。

「俺が乾かしてあげるから座って。早くしないと風邪ひいちゃうからね」

「――勇也お兄ちゃん！　うん！　ありがとう！」

笑顔の花が咲いた梨香ちゃんはソファにぽすんと腰かけてウキウキと肩を揺らした。急激な機嫌の直りように苦笑しながら優しくドライヤーでしっとり濡《ぬ》れている髪を乾かしていく。

「梨香ちゃんばっかりずるくありませんか⁉　私は何もしてもらっていません！」

「楓お姉ちゃんは十分勇也お兄ちゃんに愛されているからいいじゃん！　梨香だって本当は勇也お兄ちゃんと一緒にお風呂に入りたかったのに……楓お姉ちゃんがお馬鹿さんになるから……！」

ドライヤーの音に負けないように声を張って会話をする女の子二人。まぁ梨香ちゃんの言う通り、お風呂での楓さんはこれ以上ないくらいに馬鹿になっていたし大人げなかったと思う。それを拒めず甘い空気に酔ってしまった俺も同罪ではあるのだが。

「そういうわけだから！　明日は楓お姉ちゃん一人で入ってね！　梨香と勇也お兄ちゃん

の邪魔はしちゃだめだからね！」

「そ、そんなのダメです！　認められません！　勇也君も三人一緒がいいですよね⁉　いいですよね⁉」

見返り美人よろしく振り返った梨香ちゃんと若干涙目になりながら俺に縋《すが》り付いてくる楓さんの主張を天秤《てんびん》にかける。答えは決まっている。

「……少し頭を冷やそうか、楓さん」

「勇也君⁉　そんなぁ……」

「やったぁ！　さすが勇也お兄ちゃん！」

飛び跳ねて喜ぶ梨香ちゃんに打ちひしがれて床に跪《ひざまず》く楓さん。対照的な二人のリアクションはまるでコントだな。

「うぅ……わかりました。明日は我慢します。明日は。明日だけは」

「大事なことだから繰り返したんだろうけどそうそう一緒には入らないからね？」

がーーーん！　と口に出してさらに落ち込む楓さん。誤解なきように言っておくが楓さんとお風呂に入るのは毎日ではなく時々だ。週に一回くらい。

「勇也君が意地悪になっちゃいました……悲しいので先にお布団《ふとん》に入ってます……」

「ちゃんと髪の毛乾かして、歯を磨いてからね。そのままうたた寝しないようにね」

わかりましたと力なく言うと、よろよろと覚束《おぼつか》ない足取りで楓さんはリビングを後にした。

「勇也お兄ちゃんと楓お姉ちゃんはラブラブだね。まるでパパとママみたい」

それは誉《ほ》め言葉として受け取っておくよ、梨香ちゃん。

髪を乾かして歯を磨き終わったらあとはベッドに入って寝るだけだが、どういう並びで寝るかという問題が立ちふさがった。

願わくば、楓さんがこの短時間で頭を冷やして高校生の余裕を取り戻していることを期待して寝室のドアを開けたのだが、

「……楓さん。って、どこで寝ているのかな？」

「えへっ。見てわかりませんか？」

「うん。わかるよ。今楓さんが半分顔を埋めているのは俺の枕だってことはね」

俺はわざとらしく深いため息をこぼすが、聞こえませんとばかりにぽすっと再び枕に顔を埋める楓さん。あからさまに深呼吸をして匂いを嗅ごうとしないでくれませんかね？

「んぅ……勇也君の匂いは本当に落ち着きます。あぁ……幸せ」

「……ねぇ、勇也お兄ちゃん。これはあれだよね、プロレス対決してもいいってことだよね？　梨香への挑戦状だよね？」

「うん、違うからね。断じて違うからね」

ハイライトの消えた瞳で今にもリングインしそうな勢いの梨香ちゃんを引き留める。さて、この状況はどうするか？　って考えるまでもないんだけどね。

「楓さんが移動しないなら俺は楓さんの枕を使わせてもらうとして。梨香ちゃんは俺の隣においで」

枕の奪還はあきらめて、いつもの楓さんの定位置につく。そしてその隣、すなわち俺と楓さんの間に梨香ちゃんを招き入れた。

「こうやって三人並んで川の字で寝てみたかったんだよね。梨香ちゃん、ぎゅってして寝ようか？」

「う、うん……」

布団に入った途端に戦闘モードは霧散して緊張しだした梨香ちゃんを俺はそっと抱きしめると借りてきた猫みたいに大人しくなった。

「ずるいですよ、勇也君。私も梨香ちゃんのことをぎゅってします！」

反対側の楓さんも梨香ちゃんのことを優しく包み込む。楓さんの温かくて柔らかい極上の感触に抗《あらが》うことは出来ない。

「おやすみ、梨香ちゃん」

「ふにゅ……おやすみなさぁい……」

一日はしゃぎまわり、迷子になって気疲れもしたのだろう。梨香ちゃんが夢の中に旅立つのはあっという間だった。

「勇也君も、おやすみなさい」

「一日お疲れさま、楓さん。おやすみ」

長い一日がようやく終わった。

＊＊＊＊＊

梨香ちゃんと一緒に過ごす時間はあっという間に過ぎていった。

二日目は宣言通り、俺を含めた三人お揃いのパジャマを買いに出かけた。モコモコが可愛くて人気の店で家族向けの物を購入して、帰宅するなりすぐに着替えて記念撮影を行った。楓さんと梨香ちゃんは絵画から飛び出てきた天使のようだった。

三日目はどこにもいかず、三人でまたゲームをしたり映画を観《み》たりしてのんびりと過ごした。この日の夜にはタカさんと春美さんが迎えに来る。どこか寂しさを感じながら目一杯遊んだ。

「あぁもう！　勇也お兄ちゃん強すぎだよ！　少しは手加減してよぉ！」

「そうですよ、勇也君！　可愛《かわい》い乙女を相手に情け容赦なく吹っ飛ばすのは良くないと思います！」

２対１の変則チーム戦という大乱闘にはあるまじきハンデのある大乱闘をしているが、それでも俺は一度も二人に負けることはなかった。

二人の表情は天使のような笑顔から邪悪な笑みへと変化してルールをいじりだした。吹っ飛びやすくしてみたり、降ってくるアイテムを爆弾だけにしてみたりと俺に勝ちたいというよりはみんなで馬鹿騒ぎをしたいだけになった。

「やぁい！　勇也お兄ちゃんが爆弾に巻き込まれて吹っ飛んだぁ！　ってキャアアアア！　私も吹っ飛んだぁ！」

「勇也君！　無敵時間を利用して爆弾もって突っ込んでくるなんて卑怯《ひきょう》ですよぉ‼」

ただでさえ地獄絵図な状況なんだから自爆覚悟で突っ込むのは立派な作戦だろうが。おら、死ぬときは一緒だぞ、楓さん！

「もう！　そういうセリフはもっと別の時に言ってください！　嬉《うれ》しいですけどね！」

「死ぬまでずっと一緒だぞ、楓さん！　だから俺の爆弾を受け取ってくれぃ！」

「ゲームしながら惚気《のろけ》るなちくしょう――!!」

最後は梨香ちゃんの自爆特攻で俺は負けた。

そして日が完全に沈み、夕飯も食べ終えたころにその時はやってきた。来訪を告げるチャイムが鳴った。

「パパが帰ったぞぉ、梨香――!」

玄関を開けると久々に会う愛娘《まなむすめ》を抱きしめようと勢いよくタカさんが突貫してきた。

突然のことに梨香ちゃんは小さく悲鳴を上げると楓さんの背中に隠れてしまった。

「……お帰り、タカさん」

「……おう、ただいまだぜ」

手持ち無沙汰になった両手を下げ、前傾姿勢を改めて背筋を伸ばすタカさん。春美さんはニコニコ笑顔で手にしていた紙袋をずいっと俺の前に差し出してきた。

「これお土産。二人で食べてね。梨香は大丈夫だった？　迷惑かけたりしなかった？」

「はい。梨香ちゃんとってもいい子で迷惑なんて全然。すごく楽しい三日間でした」

背中越しにタカさんとにらみ合っている梨香ちゃんのことを撫《な》でながら、春美さんの杞《き》憂《ゆう》を払拭《ふっしょく》するように楓さんは笑みを浮かべて答えた。

「聞いてよママ！　楓お姉ちゃんにお揃いのパジャマを買ってもらったの！」

「あらあら、そうなの。それは良かったわね。一葉さん、どうもありがとう。お金は――」

「いいえ、気にしないでください。私が梨香ちゃんとお揃いのパジャマを着たかっただけですから。また一緒に着て寝ようね、梨香ちゃん」

うん！　と元気良く頷《うなず》いた梨香ちゃんは来た時より少し重くなったキャリーケースを引きずって春美さんの元へ。タカさんが手を繋《つな》ごうと差し出した手は無情にも空《くう》を掴《つか》むに終わり、俺は笑いを全力で堪えた。

「一葉さん、攻め続けるのよ。勇也君はあの通りガードが堅いけど連打で押し切るのよ？　押してダメなら殴りなさい。引いてはダメよ？」

「はい！　貴重なご意見ありがとうございます！　このまま殴り続けます！」

「ご愁傷様だな、勇也。せいぜい食われんように気を付けるんだな」

タカさんがぽんと俺の肩に手を置きながら言った。それってどういう意味だよぉ！　憐《あわ》れみを含んだ視線を向けるな！　そのまま言い逃げのように帰るのは卑怯だぞ、タカさん！

「またね、勇也お兄ちゃん、楓お姉ちゃん！」

「はい。いつでも来てくださいね。また一緒に遊びましょうね」

「うん！　それまで私の勇也お兄ちゃんを貸してあげるね！」

最後に爆弾を投げつけて、梨香ちゃんは春美さんに手を引かれて帰っていった。

「フフッ。とても楽しい三日間でしたね。でもその分とても寂しくなりそうです」

深いため息をつきながら楓さんは言った。騒がしくも楽しい三日間だったからね。俺も同じ気持ちだ。

「梨香ちゃんと仲良くなれたみたいで嬉しいよ。ただまぁ最後の会話は余計だったけど」

「あら、余計なことはありませんよ？　むしろとてもいいことを聞けました。今夜は覚悟してくだ――っあ、電話です。お母さんから？」

ポケットに入れていた楓さんのスマホが振動した。どうやら電話のようで、その相手はお母さん――一葉桜子《さくらこ》さんからのようだ。何の用だろうか？

「もしもし、お母さん？　どうしたの？　うん、うん……明日は特に用事はないけど……えっ⁉　あぁ……そうだよね、わかった。勇也君にも伝えておくね。それじゃ、また明日。おやすみ」

手短に電話が終わった時、楓さんから笑みは消えており真剣な表情になっていた。俺は思わず背筋を伸ばした。

「突然ですが勇也君。明後日《あさって》から一泊二日で温泉旅行が決まりました」

「……はい？　それはまたどうして……？」

「お父さんが勇也君に会いたいそうです。この意味、わかりますよね？」

一難去ってまた一難とはまさにこのことだった。

第11話 ● 決意表明

I'm gonna live with you not because my parents left me their debt but because I like you

俺はリビングのテーブルに突っ伏していた。梨香《りか》ちゃん達を見送った後、楓《かえで》さんのもとにかかってきた一本の電話。そして告げられた温泉旅行と楓さんのお父さんとの面談。つまり俺の命は明後日までってことだ。

「もう、大袈裟《おおげさ》に考えすぎですよ、勇也《ゆうや》君。気楽にいきましょう、気楽に！」

楓さんは笑いながら俺の肩を叩《たた》くが残念なことに、「そうだね、気楽にいこう！」と言えるほど俺の神経は図太くはない。

「大丈夫ですよ。お母さんも一緒に来ますから何かあったらフォローしてくれます。それに、仕事ではどうかわかりませんけど、お父さんが家で怒ったところを私は一度も見たことありませんから」

それは果たして安心材料になるのだろうか。いや、ならない。なぜなら楓さんは一葉《ひとつば》家の大事な一人娘だ。そんな可愛い我が子がどこぞの馬の骨とも知れない同級生男子と一緒に暮らしているのをどう思っているのか。考えるだけで恐ろしい。

「そんなことありませんよ？　前に言いましたよね？　勇也君と一緒に住みたいっていう私のわがままをお父さんとお母さんはすごく喜んだって」

そうだった。今こうして楓さんと一緒に暮らしているのは楓さんのわがままだ。そもそもはクソッタレな俺の父さんが膨大な借金をして、それを旧友の楓さんのお母さん――桜子《さくらこ》さんに泣きついたことが始まりではあるのだが。

助けるつもりのなかった桜子さんを説得したのが楓さんであり、初めてのわがままに歓喜したご両親によって俺は助けられて気づけば同棲《どうせい》することになったのだった。

「ですから、今更勇也君のことをどうこう言うことはないと思います。むしろ、何か言うことがあるなら私がしっかりと言い返しますので安心してください」

グッと両こぶしを握り締める楓さんはすごく心強かった。俺はゆっくりと身体《からだ》を起こし、その頼もしい手を包み込むようにしてとった。

「ありがとう、楓さん。俺も頑張る」

「フフッ。その意気ですよ、勇也君。大丈夫です。結婚のための挨拶は誰もが通る道です。最悪一発殴られれば万事解決です！」

「……痛いのは勘弁して欲しいなぁ」

その口ぶりだと一発殴らせろ！　な展開になる可能性もあるということですね⁉　そうなんですね、楓さん！　というかこれって結婚の挨拶なのか⁉

「大丈夫ですよ、多分、きっと、maybe、そんなことにはならないと思います。お父さんは虫も殺せないくらい優しいですから」

「目を逸《そ》らさずに言ってくれたらまだ安心できたんだけどなぁ……」

結論、俺の不安はますます増大しただけだった。

だからと言ってこれ以上うじうじとしていても始まらない。第一印象ですべてが決まるというし、楓さんのお父さんに少しでも俺がふさわしい男であると思ってもらえるように最善を尽くさなければ。

「会う時の服装はやっぱり正装がいいよな。でもスーツなんて持ってないぞ」

スーツが必要になるのはせいぜい大学に入学する時かもしくは成人式の時だと思っていたから油断していた。

「温泉旅行に行くのにスーツである必要はないですよ。服装はそんな気にしなくてもいいと思います」

「いやいや！　第一印象は見た目が十割だから見た目は大事だと思うんだよね⁉」

「勇也君、落ち着いてください。どうせお父さんはラフな格好で来ると思います。背伸びしてかしこまることはありませんよ？」

そうだろうか。そんなこと言ってスーツにネクタイを締めた完全正装で来られたら俺は委縮して口から魂が飛び出るぞ？

「もう。そこまで言うなら明日セットアップを買いに行きますか？　私が見繕ってあげますよ？」

「本当⁉　それはありがたい！　よし、明日の朝一で買いに行こう！」

これで首の皮一枚繋がったぞ！　ついでに菓子折りも用意しないといけないし、朝から忙しくなりそうだ。

「でも明日買ってすぐに持って帰れるとは限らないんですけどね……」

楓さんが何かとても大事なことを言ったような気がしたが、それ以上に明後日の一大事をどう乗り切るかを考えることに俺は頭が一杯だった。

＊＊＊＊＊

　そして翌朝。早速スーツを買いに向かった。お店をチョイスしたのは楓さん。どうやら昨夜のうちに桜子さんに連絡してどこがいいかを聞いていたらしい。ちなみにそこはオーダーメイドで仕立ててくれるにもかかわらず値段もお手頃で最近人気の店らしい。

　希望を胸に入店した直後、俺は絶望することとなる。

「申し訳ございません。本日ご購入された場合、最短の仕上がりは一週間後でございます」

　その場で膝をつきたい衝動に駆られたが、そこをグッと堪えて笑顔で少し考えますと言って店を出た。

「だから言ったじゃないですか。今日の今日で買ってすぐに持って帰れるとは限りませんよって」

　泣き崩れそうになっている俺に楓さんは苦笑いしながらそう言った。マジか。ズボンの裾上げとかと違ってそんなに時間がかかるのか。

「一週間でも早いほうだと思いますけどね。既製品なら即持ち帰りも可能ですが、せっかく買うなら良《い》い物を買わないと」

　楓さんの言っていることは最もだ。自分の身体に合うように一から採寸し、自分の好きな色や生地、ボタンなどなどこだわりを持って作るオーダーメイドの方が長く着ることができるというのは間違いない。

「ですが勇也君はまだ高校生。まだまだ身体も大きくなるでしょうからオーダーメイドは不要だと思います」

「……ならどうしてここに連れてきたのさ？」

「パニックになっている勇也君を落ち着かせるためです。昨夜はおやすみのチューもしてくれないし抱き着かせてもくれなかった恨みとかではないですよ？　その腹いせとかでは断じてありません」

「うん。その腹いせだっていうのはよくわかったよ」

むぅと可愛《かわい》くフグのように頬を膨らませる楓さんの頭をポンポンと撫《な》でる。

「えへへ……って怒ってませんよ!?　でももっとなでなでしてくれてもいいんですよ？ですよ？」

満足するまで頭を撫でたいところではあるがさすがに店の前でするには恥ずかしい上にこのままでは刻一刻と時間が過ぎていくだけなので次なる一手を考えなければならない。

「任せてください！　昨日も言いましたが私が勇也君をコーディネートしてあげます！全国男子高校生ミスターコンのグランプリに選ばれちゃうくらいカッコよくしてみせます！」

「いやいや。それは大げさだと思うよ？　楓さんじゃあるまいし……」

「そんなことありません！　勇也君はカッコいいです！　少なくとも私の中では日本一カッコいいです！　二位以下も勇也君が独占です！」

それはランキングの体を成していないのではないかという突っ込みをするのは野暮というものだろう。彼女からこんな風に言われて嬉《うれ》しく思わない男はいない。現に俺は嬉しいと同時にものすごく恥ずかしい。だって往来の中で結構な声量で楓さんが言うんだもん。道行く人たちの視線が生暖かい。

「あっ……ダメです！　やっぱり全国男子高校生ミスターコンにエントリーしてはダメです！」

「いや、そもそもする気はないから安心してほしいんだけど……でもなんで？」

楓さんが見事グランプリに輝いた女子高生ミスコンの男子版もあるのかと今初めて聞いたのだが、どうしてダメなのだろうか？　いや出る気はさらさらないんだけど。

「だって……もし勇也君が出場したら勇也君の魅力が全国に広まってしまいますから……勇也君は私だけの勇也君だもん」

おぉ、久しぶりに聞いた楓さんの「だもん」。しかも頰を赤らめながらの上目遣いというおまけつき。可愛さが爆発している。

「うぅ……なんですかそのいかにも子猫を見守るような目は⁉　私は真剣なんですよ⁉　それともあれですか⁉　勇也君も男の子ですからモテモテになりたい願望があるんですか⁉」

あれれ、おかしいぞ。なんだか楓さんがめんどくさい方向にスイッチが入っちゃったぞぉ？　再び頰を膨らませて上目遣いで睨《にら》みつけてくる。地団駄を踏みそうな勢いを感じるが、やっぱり可愛い。

「そ、そろそろ移動しましょう！　勇也君のコーディネートには時間が必要ですからね。たくさん着てもらうので覚悟してくださいね？」

「梨香ちゃんだけじゃ飽き足らず、今度は俺を着せ替え人形にするつもり？　勘弁してほしいなぁ」

「私だけが知っている勇也君のカッコいい姿をたくさん見たいじゃないですか。大丈夫です。いつか私が着せ替え人形になってあげますから。勇也君の好みに合わせますからね」

と言われても、この日本一可愛い女子高生は何を着ても可愛いからなぁ。ワンピースもスカートもパンツも、どれを着ても可愛くなるから困ったものだ。

「私を……勇也君色に染めてくださいね？」

「——か、楓さん⁉　何を言って……⁉」

突然耳元で囁《ささや》かれた言葉の真意を問う前に楓さんは走り出した。楓さんは頬のみならず耳まで赤くなっていた。

まぁ俺はすでに楓さん色に染められているんだけどね。

＊＊＊＊＊

温泉旅行の日程は一泊二日。場所は有名な温泉地、箱根。予約したという部屋は当然のごとく最上級。どんな感じかサイトに掲載されている写真を見せてもらったがなんとびっくり。専用露天風呂《ろてんぶろ》に足湯まであるとんでもない部屋だった。やばい、白目剝《む》きそう。

唯一の救いは現地集合ということだった。もし道中も楓さんのご両親と一緒だったら俺の心は温泉に入る前にグロッキーになっていたことだろう。

待ち合わせの時間は17時に旅館のエントランス。落ち着いた内装だが、その一つ一つに風格と威厳があり、俺のような高校生は場違いな気がしてならない。楓さん？　楓さんは女神様だから何の違和感もない。

そんなことでも考えていないと、刻一刻と迫るその瞬間を想像して口から心臓が飛び出そうになる。

「ね、ねぇ楓さん。これ、おかしくないかな？　大丈夫かな？」

ファッションコーディネーターの楓さんがこの日のために選んでくれた服は、清潔感のある白のハイネックセーターに落ち着いたダークブラウンの色合いのカジュアルジャケット。下に合わせるのはスキニージーンズ。

シンプルな組み合わせだが十分フォーマルな装《よそお》いだと女性店員さんに絶賛され、写真を一緒に撮ってほしいとまで言われた。楓さんの笑顔の圧力にすぐに冗談ですと撤回していたが。

「もう！　何も問題ないですしむしろ似合っていますしカッコいいですしなんなら抱いてほしいくらいですから自信を持ってください！」

「そ、そう？　ならいいんだけど……」

最後の方に聞き捨てならない言葉が混じっていたような気がしたが思い過ごしだろう。

うん、そういうことにしておこう。

「髪形もおかしくないかな？　寝ぐせとか変な跳ね返りとかないかな？」

「大丈夫です！　今日の勇也君はいつも以上にビシッと決まっていますよ！」

　俺が不安を口にするたびに楓さんは褒め殺してくれるのだが俺の心は落ち着かない。むしろどんどん緊張が増して身体《からだ》が震えそうになる。こんな調子で大丈夫か。というかどうして楓さんは普段と変わらない調子でいられるんだ？　父親に彼氏——というか婿候補——を紹介するんだぞ？

「それは勇也君が私にとって自慢の彼氏だからですよ？　誰に紹介しても恥ずかしくないくらい素敵な人だと思っているからです」

　汗ばむ俺の手をそっと握り締めて聖母のような温かい笑みを浮かべて楓さんはさらに言葉を続ける。

「だから自信を持ってください。大丈夫、文句は言わせませんから。まぁ文句なんて出るはずがないんですけどね」

　それってどういうこと、と尋ねようとしたとき。ついにその時がやってきた。

　ゆっくりと開く自動ドア。現れたのは楓さんをそのまま成長させたような美人な女性と肩幅は広いけど細身で丸眼鏡をかけた誠実そうな男性が立っていた。桜子さんの隣に立っているのが楓さんのお父さんの一宏《かずひろ》さん？

「久しぶりね、楓。それに勇也君も。あれから大丈夫だった？　楓が迷惑かけてない？わがまま言ってないかしら？」

「お母さん、ひどいです！　ちゃんと私も反省しましたし二人でたくさん話しました！　もう、いきなりなんてことを言うんですか！」

嫌がることはされてないけど反応に困ることは何度もされましたけどね。一緒にお風呂《ふろ》に入ろうとして来たり、スク水着てマッサージをしてきたり、至福のひと時だったけど色々大変でしたよ。

「一時はどうなることかと心配もしたけど、勇也君の顔を見る限り大丈夫そうね。あぁ、紹介が遅れてごめんなさい。ここに立っているのが私の夫であり楓の父、そして勇也君の義理の父になる一葉一宏よ」

「初めまして、吉住《よしずみ》勇也君。僕が楓の父です。どうぞよろしく」

「は、はい！　吉住勇也と申します。こちらこそよろしくお願いします」

差し出された手をとって握手を交わす。言葉や表情こそ柔らかいが瞳の奥は違う。底の見えない不気味な闇が広がっている。まるで俺のことなど見えていないかのようだ。

「……一宏さん、顔が怖いわよ？　ここは会社じゃないのよ？　もっと普通にしてちょうだい」

桜子さんが肩をすくめて窘《たしな》めると一宏さんは困ったなぁと頭を掻《か》きながら呟《つぶや》いた。

「まずは先にチェックインを済ませましょう。夕飯もすぐみたいですからね」

「そうだね。話は部屋に着いてからゆっくりしようか」

さっさと受付けへ向かう桜子さんと一宏さん。この後に待つ決戦が憂鬱で仕方ない。

「大丈夫ですよ、勇也君。私がついていますから」

俺の手をぎゅっと握り締めながら、楓さんが囁いた。そうだね。おどおどするんじゃなくて胸を張って堂々と想《おも》いを伝えよう。今の俺にできることはそれしかない。

部屋は写真で見た以上に立派で優雅な造りだった。窓の外には竹林が広がり、自然に囲まれながら源泉かけ流しの露天風呂を満喫することが出来る。日常から解放された時間を過ごすことが出来そうだ。

夕食の献立表を見ると、近くの漁港で獲《と》れる新鮮な魚だけでなく牛ステーキもあり、山と海の幸の双方を堪能《たんのう》することが出来るハイブリッド仕様になっていた。

品名を見てもどんなものが出てくるか想像がつかなかったが、それもまた楽しみの一つだと桜子さんは笑った。

「勇也君、遠慮しないでたくさん食べてちょうだいね」

テーブルの上に並べられた豪勢な料理の数々を前に委縮している俺に桜子さんが優しく言った。

「そうですよ、勇也君。遠慮したら勿体《もったい》ないです！　あ、なんならいつもみたくあーんって食べさせてあげましょうか？」

「うん、いつもあーんなんてしていないのに記憶を改ざんしないでね？」

たまにしかしてないのにさも毎日食べさせ合っています、なんて風に言わないでください。

「いいわよね。あーんってするのは私も好きよ。一宏さんは恥ずかしがって中々させてくれないけど」

桜子さんが冗談めかして言うが一宏さんはわずかに頬を赤らめるだけで無言。はぁと大きなため息をつく桜子さんと渋い顔をする楓さん。俺はただただ困惑するばかりだ。

「吉住君。君に聞きたいことがあるんだけど、いいかな？」

食事がひと段落ついたとき、コトッと箸を置きながら一宏さんが重たい口を開いた。ついにこの時が来たか。俺は背筋を伸ばして次の言葉を待つ。

「私はね、吉住君。楓のことは信頼している。我が娘ながらしっかりしているからね。だからこの子が選んだ相手ならば大丈夫だろうと思っている」

親として子を思う一宏さんの気持ちが言葉に乗っていてとてつもなく重たく感じる。

「そしてこのわずかな時間を見ただけで君と楓が仲良くやれていることはわかった。それは父としてとても嬉しく思う。でもだからこそあえて吉住君に聞きたい」

一度言葉を切り、一拍置いてから一宏さんは俺に尋ねた。

「君は楓のことをどう思っているのかな?」

その眼差《まなざ》しから抜身の刀身のように鋭く、獲物を品定めしているかのようでもある。

一宏さんはおそらくまだ俺のことを楓さんや桜子さんを通してしか見ていない。故に俺はいま試されているのだ。本当に相応《ふさわ》しい男かどうか。

俺は深呼吸をしてから言葉を紡《つむ》いだ。


全てが突然でした。

家に帰ったら両親が借金を残したまま消えていて、タカさんの所に引き取られそうになった時にすい星のごとく現れた女神様。

驚いているところに桜子さんが現れて借金はきれいさっぱり清算されたと思ったらあれよあれよという間に話が進んで気が付けば楓さんと同棲《どうせい》することになっていました。

俺にとって一葉楓という女の子は文字通りの高嶺《たかね》の花でした。

綺麗《きれい》で。笑顔が可愛《かわい》くて。さらに成績も優秀でまさしく非の打ち所がない完璧美少女。

そこに日本一可愛い女子高生という肩書がついて高嶺の花から天上の女神へとジョブチェ

ンジしたことで接点はないと思っていました。

楓さんと一緒に暮らし始めたことでわかったことがあります。

俺とは違う、どこか遠い存在だと思っていた楓さんも普通の女の子なんだって。なんでもないことで笑うし。毎日のようにからかってくるし、でもからかい返すと拗《す》ねるし。誘惑してくるけど仕返しすると耐性がなくてすぐに照れて顔を真っ赤にする。本当にどこにでもいるような普通の女の子だったんです。

でも……俺は楓さんから寄せられる気持ちにすぐに応えることができませんでした。俺の心の中には大切な人に……ずっと一緒にいると思っていた両親に捨てられたっていうトラウマがありました。だから好きになって、ずっと一緒にいたいと思ってもまた突然いなくなるんじゃないかって。だから俺は楓さんの気持ちから目を逸《そ》らしていました。

そんな情けない俺を楓さんは支えてくれました。大丈夫、何処《どこ》にもいかないから、離れないからと言ってくれました。その言葉に救われたし、この人なら大丈夫かもしれないと思ったら、どんどん好きになって……同時にこのままじゃいけないとも思いました。

支えてもらいっぱなしじゃなくて、俺も楓さんを支えていきたい。

今はまだ未熟で、お二人にお世話になってばかりいますが、楓さんのことが大切だからこそ、自分の足でちゃんと立って、自分の力で楓さんのこと幸せにして見せます。だから

――

「大丈夫。もう十分だ。吉住君の気持ちは痛いくらいに伝わった。それだけ初恋の人に思われているなんて、私達の娘は幸せ者だな」

「そうね。まさかこんなに早く『娘さんを俺にください！』ってセリフを言われるとは思わなかったわ」

一宏さんと桜子さんは感慨深そうな表情で見つめ合い、徐々にそれが崩れていってにやけた顔へと変化する。そしてその矛先は俺ではなく隣に座って顔を真っ赤にして俯《うつむ》いている楓さんに向けられる。

「よかったわねぇ、楓。大好きな勇也君が私たちに結婚の挨拶をしてくれたわよぉ？　ねぇ、今どんな気持ち？　どんな気持ち？」

「いやぁ。楓の話していた通りだったな。とてもいい男じゃないか。絶対に逃がしたらダメだぞ？」

「うぅ……勇也君のバカ……！　なんですか、今のは!?　私を喜ば死させる気ですか!?　うぅ……大好きですよぉ、勇也くぅん！」

わずかに瞳を潤ませた楓さんが堪えきれずに俺に抱き着いてきた。しっかりと胸で受け止めて抱きしめる。耳まで真っ赤になっている。

「あらあら。勇也君に甘えちゃうの？　親を目の前にして勇也君に抱き着くなんて……見せつけてくれるわね」

さっきから桜子さんの楓さんへの煽《あお》りがひどい！　と思ったら手にはビールが握られているではないか。酔うとめんどくさい人にジョブチェンジするのか。これは憶《おぼ》えておかなければ。

「吉住君、いや勇也君。どうか楓のことをよろしく頼んだよ」

「――はい！　楓さんは俺が必ず幸せにします」

「フフッ。君と二人でお酒を飲みながら男同士の話ができる日を楽しみにしているよ」

楓さんが俺の身体をさらに強くぎゅっと抱きしめる。それを見てまた桜子さんが人の悪そうな笑みを浮かべ、一宏さんは大笑した。俺も段々恥ずかしくなってきた。

「か、楓さん。そろそろ離れてくれないかな？」

「……嫌です。離れません。勇也君に今の私の顔を見られるわけにいきません」

「いや、そんなことを言われたらむしろ気になるんだけど？」

「ダメです。勇也君の気持ちが聞けてすごく嬉《うれ》しくてニヤニヤが止まらないんです。顔も熱いし、そんな恥ずかしい顔を見られたくありません」

そんな風に言われたら何だか俺も照れてくるんだけど。あとそんなことを言ったら桜子さんと一宏さんがどんな顔をすることか。

「もう、楓ったら勇也君にべったりしちゃって。なんだか焼けちゃうわぁ。私も一宏さんにべったりしてもいいかしら？」

「ハハハ。やぶさかではないけれど、それはこの後のお楽しみということで。ここは勇也君と楓の部屋だからね。二人の邪魔をしないように私たちも部屋に戻ろうか」

「そうね。そうしましょう。久しぶりに私も一宏さんに甘えようかしら」

え？　どういうことですか？　お二人も同じ部屋に泊まるんじゃないですか？

「家族水入らず、というのも悪くないけど若い二人の邪魔はしたくないからね。私と桜子さんはこの隣の部屋を取ったんだ。だから気兼ねなく、誰彼と気にすることなく楓とイチャイチャするといいよ」

「そうです！　ここから先は私と勇也君のイチャイチャタイムです！　お母さんとお父さんはさっさと移動してください！」

照れ半分ヤケクソ半分の割合で、目の前でストロベリーワールドを展開しようとする両親に対して抗議する楓さん。というかしれっと俺とイチャイチャするって言っていたけど、梨香ちゃんがいてできなかった分を取り戻すつもりじゃあるまいな？

「本当に楓は勇也君が好きね。勇也君、不束《ふつつか》な娘ですがどうかよろしくお願いね」

「は、はい。こちらこそ、これからもよろしくお願いします」

「フフッ。ほんと、あのバカ野郎の息子とは思えないくらいしっかりしているわね」

「ハハハ……まぁ、ダメ人間のお手本のような人でしたから。反面教師にはもってこいでしたよ」

　それもそうね、と苦笑いする桜子さん。それにつられて俺も笑うが、その様子にご立腹なご様子なのは我が姫。非常にわかりやすくフグのように頬を膨らませている。

「これ以上勇也君と話していると何をされるかわからないわね。一宏さん、そろそろ部屋に行きましょうか」

「そうだね。若い二人の邪魔をしないように退散するとしようか」

とは言うものの団らんは少し続いた。

　俺は二人から楓さんの家でのことを聞かれた、楓さんは学校での出来事や課外合宿で星空の下で告白したことを赤裸々に語った。顔から火が出るくらい恥ずかしかった。

　時計の針が10時を過ぎたところでお開きとなり、二人は部屋から出ていった。その去り際に桜子さんがこんなことを言い残した。

「あまり頑張りすぎず、時には肩の力を抜いて高校生活を満喫しなさい。一生に一度きりの時間なんだから」

その意味を胸の中で反芻《はんすう》させて考えるが何はともあれこれで長い一日は終わりだ。

「いいえ、勇也君。まだ終わっていませんよ」

楓さんはぎゅっと俺の腕を抱きしめて潤んだ瞳で俺を見つめてきた。

わかっている。言いたいことは言わなくても。前々から宣言していた、俺なりのけじめ。それが今日済んだのだから、楓さんの気持ちに改めて応えよう。

「……大好きだよ、楓さん。誰よりも、あなたのことが」

腰に腕を回して抱き寄せて、思いを込めた優しいキスをする。

唇を重ねているだけで幸せな気持ちで満たされていく。だがその気持ちは次第に楓さんをもっと感じたい、一緒になりたいという愛欲へと変化していく。そう思ったのは俺だけではないようで――

「……勇也君、私も……誰よりもあなたのことが大好きです」

俺の胸に顔を押し付けて、消え入りそうな声で楓さんは言った。同じ気持ちであることが嬉しく、さらに強く抱きしめる。絶対に離さない。

＊＊＊＊

「わぁ――――！　勇也君、早く来てください！　お風呂《ふろ》すごいですよ！」

バスタオルをしっかり身体《からだ》に巻いた楓さんが一足先に湯船に浸《つ》かって俺のことを呼んでいる。放っておいたらバタ足をしそうな勢いのテンションの高さだ。

「ちょっと待ってよ、楓さん。今行くから」

シャワー室で身体を流した俺は、今一度腰に巻いてあるタオルが脱げないかを確認してから楓さんの待つ露天風呂《ろてんぶろ》へと向かう。

「いらっしゃいませ！　さぁ、勇也君。こちらへどうぞ！　私のここ、空いていますよ！」

ちょんちょんと隣に座るように指をさす楓さん。これがピンク色のセーターの芸人さんのボケへの突っ込みなら断るところだろうが、他でもない楓さんの隣なら喜んでそのスペースに飛び込もう。

温泉の色は無色透明。バスタオルを巻いていなかったら大変だったな。さすがに温泉に入るのに水着を着るわけにはいかないからな。

「んぅ……気持ちいいですねぇ……すごく静かで心が落ち着きます。夢の中にいるみたいです」

俺の肩にコテッと頭を乗せながら楓さんが穏やかな声で呟《つぶや》いた。俺も頷《うなず》いて、夜空を見上げた。都会の喧騒《けんそう》から離れた非日常的な空間。課外合宿の時に観《み》た星とはまた違った綺《き》麗《れい》な空が広がっている。

「そうだね……湯船には毎日浸かっているのに温泉は全然違うね。どうしてこんなに心が安らぐんだろう。これが温泉の魔力なのかな」

「むぅ……そこは温泉ではなくて私と一緒だから、って言ってほしいです。私は勇也君と一緒だからすごく癒《い》やされているんですよ？　一人はやっぱり寂しいです」

ぷぅと頬を膨らませる楓さん。そうだね、楓さんと一緒に温泉に入っているから心が満たされるんだ。きっと別の誰かだったり一人だったとしたら同じ気持ちにならなかっただろう。

「ありがとう、楓さん」

自然と口から感謝の言葉がこぼれ、頭を優しく撫《な》でた。気持ちよさそうに目を細めて子猫が甘えるように頬を擦《こす》りつけてくる。

「それはこちらのセリフです。ありがとうございます、勇也君。どうして頑張ろうと思ったのか、その理由をちゃんと聞くことが出来ました。自立して、自分の力で私を幸せにするためだったんですね……」

楓さんのお父さんに伝えた言葉。これからも一緒の時間を過ごしていく人を自分の力で幸せにしたい。そう思ったから俺は頑張ろうと決意した。それに今日楓さんのご両親の前で決意表明をしたときに改めて気付いたことがある。それを今ここで伝えよう。

「ねぇ、楓さん。前に楓さんに甘えられたら優先しちゃう、って言ったと思うけど本当はそうじゃなかった。楓さんは勉強とかサッカーとか、優先順位を付けられるような存在じゃない。それとはまったく別で……俺は君がいるから勉強もサッカーも頑張れるんだ」

「勇也君……」

「俺が至らなくて、寂しい思いをさせてごめん。早く大人になるから、早く大人になって楓さんに寂しい思いをさせないように頑張るから。だから……待っててくれるかな？」

「はい……待ちます。いつまでも待っています。でも……勇也君一人に頑張らせたりしません。私も頑張ります」

そこでようやく俺は桜子さんが去り際に残した〝頑張りすぎないこと〟という意味がわかった。

「楓さん。時々は肩の力を抜いていこう。肩肘張りすぎていたんだよ、俺達」

将来のことばかり考えて頑張ろうとしていたから俺と楓さんはすれ違ったんだ。もっと肩の力を抜いて今を楽しむのも大事なことだ。

「そうですね……走ってばかりじゃなくて時々立ち止まってもいいんですよね。だって長い人生ですもん」

そう言って俺達は微笑《ほほえ》み合い、気が付けば自然と唇を重ねていた。星空に見守られながらのキスは二度目だが、初めてしたときよりお互いの思いは深くなっている。

「えへへ。勇也君、私は今すごく幸せです」

「うん。俺もすごく幸せだよ、楓さん」

「はぁ……気持ちよくてなんだかこのまま溶けちゃいたいです」

ピトッと胸に顔を寄せてくる楓さんの身体をそっと抱きしめる。穢《けが》れのない純白の肌が赤みを帯びている。視線をわずかに下に向けたらバスタオルで覆われたたわわに実った魅惑の果実が二つ。

「……どうしたんですか、勇也君？　顔が赤いですよ？」

「べ、別に何でもないよ!?　のぼせただけですよ!?」

「本当ですかぁ？　ならこうしたらどうですか――チラッ」

タオルが巻かれている胸元に手を当ててるとほんの僅か隙間を作り、その先にある桃源郷

を見せつけてくる楓さん。いつもと違ってほんのり上気した肌が色艶を演出し、心臓の鼓動が一瞬で最高速度に到達する。

「フフッ。さらに赤くなりましたぁ。勇也君のそういう可愛《かわい》いところ、好きですよ」

ニヤニヤと小悪魔な顔で見つめてくる楓さん。くそぉ、いつもみたいに反撃したいけどぎゅっと抱きしめられているのに加えて温泉に浸かっているせいで頭が上手《うま》く回らない。このままでは――

「あれれぇ～どうしたんですかぁ？　いつもみたいに私をドキドキさせる狼《おおかみ》モードにならないんですかぁ？」

ほら見ろ。案の定楓さんが調子に乗ったじゃないか。何も言い返さないのをいいことに楓さんの攻勢は強まる。頰に指を当ててるとつぅーと下へ降ろしていく。下唇、首筋、鎖骨を経由して昂《たかぶ》っている心臓へ到達するとゆっくりとのの字を描き始める。

「フフッ。本当に可愛いですよ、勇也君。目が蕩《とろ》けてきましたね」

「それは……楓さんが……」

「ねぇ、勇也君。キス……しませんか？　ただのキスではなくていつもよりも深くて甘い、大人のキスがしてみたいです」

ペロリと舌なめずりをして誘惑して来る楓さんは俺から何もかもすべてを吸い取るサキ

ユバスのような妖艶《ようえん》な表情をしていた。あぁ、でも。楓さんにならすべてを捧《ささ》げてもいいかな。

「それじゃ……いきますよ――って、勇也君？　だ、大丈夫ですか⁉」

慌てふためく楓さんの声を遠くに聞きながら、俺の意識は暗転した。あぁ、楓さんと大人なキス、したかったなぁ。

エピローグ

I'm gonna live with you not because my parents left me their debt but because I like you

体感したことのない感触を頭に感じながら俺は意識を取り戻した。

確か楓《かえで》さんと一緒に露天風呂《ろてんぶろ》に入っていて、大人なキスがしたいと耳元で囁《ささや》かれたところまでは覚えているんだが。

「あっ！　勇也《ゆうや》君、目が覚めたんですね。身体《からだ》の具合はどうですか？」

視線の先にあったのは二つの丘。そこからひょっこりと顔をのぞかせてきた楓さんの表情は慈愛の女神様そのもの。

「まだちょっと頭が痛いけど、もう大丈夫。それよりこの状況は……？」

敷かれた布団《ふとん》の上に俺は寝かされているようだ。あれ、そもそもどうして楓さんの顔が真上にあるんだ？　それにこの感触は——もしかしてこれが伝説の彼女の膝枕というやつか!?

「まだ起き上がったらだめですよ。勇也君は温泉でのぼせて倒れてしまったんです。突然

がくんとなったのでびっくりしたんです。だから私がいいというまで膝枕の刑です」

「そっか……それは心配かけたね。ごめんね、楓さん」

いえいえと返しながら楓さんはうちわで俺のことを扇《あお》いでくれるが、そもそも俺が倒れる原因を作ったのは楓さんだよねと心の中でぼやいた。いきなり小悪魔モードになって囁いたのがすべての原因だよね？　でもそんなことより気になったのは、

「楓さんの浴衣《ゆかた》姿、初めて見たけど……すごく似合ってるよ」

膝枕は名残《なご》り惜しくはあったが、それよりも楓さんの浴衣姿をしっかり目に焼き付けたくて俺は身体を起こした。

桜色の生地に花柄があしらわれた色浴衣。しっとり濡《ぬ》れた髪とわずかに開いた胸元は温泉に浸《つ》かった熱が残っているのか、まだわずかに赤い。それが楓さんの白磁の肌と合わさって艶《なま》めかしいです。

「えへへ。ありがとうございます。勇也君にそう言ってもらえるのは嬉《うれ》しいです！　あ、でも一つだけ問題が……」

「ん？　問題？」

「胸のあたりがちょっときついんですよね」

なるほどね。うん、だいたいわかった。サイズがぴったりな上に帯をきゅっと締めてい

るからではないですか？

「私もそう思ったんですけど、お母さんに聞いたら〝まずはきちんと着なさい。勇也君が起きてから帯を緩めてはだけさせて迫ればイチコロよ〟って言っていたので……そろそろはだけさせていいですか？」

桜子《さくらこ》さ――――ん‼　あなたって人はなんてことを吹き込んでいるんですかあ⁉　隣の部屋にいるなら乗り込んでお礼、じゃなくて説教しに行きたい。

「先ほど温泉の時に確信しました。勇也君は胸元チラリが好きですよね？　だから見えそうで見えないギリギリまで……んっしょっと……はだけさせて――あっ」

楓さんの不穏な声。あぁ、うん。だいたいわかった。

「えへへ。下着付けていませんでした。てへっ」

「確信犯で言ってもダメですからねぇ⁉」

ペロリと舌を出してとぼける楓さんに、俺は渾身《こんしん》の突っ込みをする。

春は目前。まもなく桜も満開になるだろう。

そうすれば新しい学校生活が始まる。

けれどその前にもう少しだけ。二人だけの時間を堪能《たんのう》させてください。

了

あとがき

私の3月初日は担当Sさんからのこんなメッセージで始まりました。

担S「雨音《あまね》さん、すっかり忘れていました。至急あとがきを書いてください！　あ、今回は多めに3〜4ページで！」

ここから得た教訓は、何事も言われる前に準備しておくことが大切ということです。予測して準備しておけばパニックになることもありませんからね。

お久しぶりです、雨音恵《めぐみ》です。冒頭は嘘《うそ》偽りのない実話です。

それはさておき。

第一巻をご購入いただいた読者の皆様のおかげで『両親《りょうしん》の借金《しゃっきん》を肩代《かたが》わりしてもらう条件《じょうけん》は日本一《にほんいち》可愛《かわい》い女子高生《じょしこうせい》と一緒《いっしょ》に暮《く》らすことでした。』の二巻を刊行することが出来ました！　本当にありがとうございます！

ではここで、二巻執筆にあたって担当Sさんとのやり取りを少しご紹介いたします。

ケース1
雨「二巻では楓《かえで》さんのスク水姿が書きたいです！　書かせてください！」
S「一巻のあとがきで言っていましたよね。むしろ是非書いてください！」
ケース2
S「メロンブックス様から有償特典の話が来ており、kakao先生に描きおろしていただくのですが、どんなイラストがいいですかね？　できればメロンブックス様なのでえっちな方がいいです」
雨「そうですね……はだけた浴衣《ゆかた》姿はどうですか？」
S「浴衣をはだけさせますか。それかスク水をはだけさすのはどうですか？」
雨「あなたは天才か？」
実際にどんな特典になっているかは皆様の目で確かめてみてください！

ここからはネタバレにならない範囲で二巻についてのお話をしていこうと思います。
二巻のテーマに掲げたのは楓さんと勇也《ゆうや》君の〝距離感〟です。同棲《どうせい》し、急速に仲が良くなり、互いを思い合っている二人に起きる問題。それを乗り越えてまた一つ、二人の関係が深く進展する。そんなことを考えながら執筆をしました。おかげでWEB版から大幅な加筆をすることになって修羅場となりましたが（笑）。

締め切りとの戦いで折れそうになる心を支えてくれたのはｋａｋａｏ先生の素敵なイラストです。口絵の楓さんのスク水姿もさることながら新キャラクターの梨香《りか》ちゃんのあの笑顔！　可愛さが爆発していますよね。あんな天使みたいな子が勇也君の膝の上に乗ったら楓さんが嫉妬してしまうのも当然ですね！

さて、ここから先は早くも謝辞を。

担当Ｓさん。今回も大変お世話になりました。厳しいお言葉に凹《へこ》みそうになりましたが、いつも『作品をより面白く、より多くの方に読んでもらえるようにするためにはどうしたらいいか』を考えてくださり本当にありがとうございます。１２０％の力で執筆できたのはあなたのおかげです。これからもよろしくお願いします。

一巻に引き続き、素敵なイラストを描いてくださったｋａｋａｏ先生。口絵の楓さんのスク水は本当に最高です。カバーイラスト、口絵、挿絵が届くのが待ち遠しく、それをモチベーションに今回も頑張ることが出来ました。本当にありがとうございます。次回もまたよろしくお願いします。

読者の皆様。第一巻が重版出来《しゅったい》して、こうして二巻を刊行することが出来たのはお手に取っていただいた皆様のおかげです。ＳＮＳに上げられる購入報告や感想を見るたびに目頭が熱くなりました。人生初のファンレターを頂いたときは感無量でした。

そして本書の出版に関わって頂いた多くの皆様にも感謝申し上げます。

最後に。一巻に引き続いてのお願いとなりますが、二巻を読んだ感想をSNSやレビューで投稿していただけたら嬉《うれ》しいですし、出版社宛てにファンレターという形で送っていただけると本作の多大なる力となります。そこで「コミカライズ希望！」「アニメ化早よ‼」などなど要望を書いていただけると、もしかしたらファンタジア文庫編集部が動いてくれるかもしれません（ちらっ）。

さてそろそろページの終わりが迫ってきたので今回はこの辺にしておきましょうかね（ふぅと胸を撫《な》でおろす作者）。

改めて、本作をお手に取っていただいた読者の皆様に最大級の感謝を。これからも勇也君と楓さんの甘いお話をたくさん書いていきますので末永く応援いただけると幸いです。

それでは、三巻でまた皆様とお会いできますように。

雨音　恵

お便りはこちらまで

〒一〇二-八一七七
ファンタジア文庫編集部気付
雨音恵（様）宛
ｋａｋａｏ（様）宛

富士見ファンタジア文庫

両親《りょうしん》の借金《しゃっきん》を肩代《かたが》わりしてもらう条件《じょうけん》は日本一《にほんいち》可愛《かわい》い女子高生《じょしこうせい》と一緒《いっしょ》に暮《く》らすことでした。2

令和3年4月20日　初版発行
令和3年8月25日　3版発行

著者――雨音《あまね》　恵《めぐみ》

発行者――青柳昌行
発　行――株式会社KADOKAWA
〒102-8177
東京都千代田区富士見2-13-3
0570-002-301（ナビダイヤル）
印刷所――株式会社暁印刷
製本所――本間製本株式会社

ISBN978-4-04-074108-6 C0193 ◇◇◇

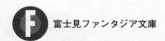

騙しあい。

各国がスパイによる戦争を繰り広げる世界。任務成功率100%、しかし性格に難ありの凄腕スパイ・クラウスは、死亡率九割を超える任務に、何故か未熟な7人の少女たちを招集するのだが――。

シリーズ
好評発売中！

ファンタジア文庫

世界最強の
“不可能任務”に挑む少女たちの
痛快スパイファンタジー！
スパイ教室
竹町
illustration
トマリ

切り拓け！キミだけの王道
ファンタジア大賞
原稿募集中！
賞金
《大賞》300万円
《金賞》50万円
《銀賞》30万円
選考委員
細音啓「キミと僕の最後の戦場、あるいは世界が始まる聖戦」
橘公司「デート・ア・ライブ」
羊太郎「ロクでなし魔術講師と禁忌教典《アカシックレコード》」
ファンタジア文庫編集長
前期締切 8月末日
後期締切 2月末日
公式サイトはこちら！ https://www.fantasiataisho.com/
イラスト／つなこ、猫鍋蒼、三嶋くろね